Les Violons du diable

Jules Grasset

Les Violons du diable

ÉDITIONS FRANCE LOISIRS

Édition du Club France Loisirs,
avec l'autorisation des Éditions Fayard.

Éditions France Loisirs,
123, boulevard de Grenelle, Paris
www.franceloisirs.com

ISBN 2-7441-8205-2

Le prix du Quai des Orfèvres a été décerné sur manuscrit anonyme par un jury présidé par madame Martine Monteil, directeur de la police judiciaire, au 36, quai des Orfèvres. Il est proclamé par monsieur le préfet de police.

Novembre 2004

1

Messe manquée à Saint-Louis-en-l'Île

Dans la fraîcheur des voûtes séculaires de la nef, les fidèles entendaient la plainte d'un violon. C'était plus qu'une musique : une caresse, un petit morceau choisi de bonheur, doux et apaisant, de ceux qui ont le pouvoir de faire oublier, l'espace d'un instant, les vicissitudes affligeantes du quotidien. La journée avait commencé comme un dimanche ordinaire.

Elle était invisible, là-haut, près de l'orgue. Mais les habitués savaient que c'était Julie qu'ils entendaient. Julie et son extraordinaire musique... Beaucoup arrivaient d'ailleurs en avance pour profiter de ce petit récital. L'âme mystérieuse des pierres de taille patinées par les ans avait une odeur d'encens. Les piliers cruciformes à chapiteaux corinthiens qui partageaient la nef en trois travées semblaient monter la garde silencieuse et attentive de ce lieu sacré.

Le profane était bercé par le son du violon, en attendant que commence la grand-messe de l'abbé Poitevin, dont les talents d'orateur attiraient le Tout-Paris. Un mélomane aurait reconnu la sonate du diable de Giuseppe Tartini, virtuose italien de l'école de Padoue. Mais se serait-il souvenu que cette musique avait été écrite après un rêve agité, où le compositeur avait fait un pacte avec l'enfer ? On imagine les conditions du contrat avec cet ange déchu... Mais cette sonate née d'un songe luciférien, qui serait immortalisé par Goethe, avait le génie de certaines forces du mal. Le mythe du docteur Faust fut, à une certaine époque, un peu contagieux, mais face à cette sonate, Satan avait été beau joueur : en échange d'une âme, il avait permis au musicien de composer un chef-d'œuvre et, tout bien pesé, il ne l'avait pas volé. Les violons eurent longtemps une connotation démoniaque, et quelques esprits érudits ont prétendu que les concerts de Paganini diffusaient une véritable odeur de soufre. L'entrée de ces instruments dans la musique sacrée des églises ne s'est faite que très tard, très lentement et presque en secret, sous les regards suspicieux du haut clergé.

Aujourd'hui, dans cette petite église, un rayon de soleil coloré par les vitraux illuminait l'autel qui, en ce dimanche d'été parisien, avait été fleuri par Mme Malgoire. Au-dehors touristes et habitants tournoyaient dans une sarabande endiablée, riche en sons et en couleurs. Une queue s'était formée devant le glacier Berthillon. Des amoureux se prélassaient, ivres de leur bonheur si simple. La Seine, majestueuse, jetait des reflets argentés et, sur le petit pont piétonnier qui relie l'île Saint-Louis à l'île de la Cité, un piano mélancolique jouait des airs de jazz célèbres.

Un professionnel n'aurait pas manqué de remarquer la perfection du son de l'instrument de Julie, la profondeur de son timbre, à la fois clair, doux, et puissant. Certes, la jeune fille était bonne violoniste. Certes, l'église Saint-Louis-en-l'Île possédait une acoustique remarquable avec sa voûte en plein cintre renforcée de doubleaux. Mais il y avait autre chose. Ce violon portait la marque immortelle d'un grand maître italien.

Un réel désordre troublait cependant cet univers parfait de petite paroisse. Dans le déambulatoire des bas-côtés de la nef, richement décorés par Jean-Philippe de Champaigne, le vicaire s'agitait en tous sens, interpellant le diacre qui lui-même apostrophait des enfants de chœur affolés dans leurs robes rouges et blanches. Ce remue-ménage contrastait avec le calme habituel de l'église. Depuis quelques mois, Julie était devenue craintive. Un rien la faisait sursauter, et certains avaient remarqué que cette sensibilité exacerbée avait encore amélioré son jeu. Comme les biches qui pressentent le danger, Julie savait qu'un drame était en train de se dérouler, et que sa vie allait en être bouleversée. Assise à côté des grandes orgues de type Renaissance, à mi-hauteur entre la nef et les arcades des voûtes, elle ne voyait pas les fidèles, mais elle avait perçu une agitation insolite. Malgré le temps estival, elle frissonna. Ce minuscule espace réservé aux musiciens de l'église, qu'elle ne partageait guère qu'avec Jean, l'organiste, était son jardin secret. Un véritable havre de paix, insignifiant, mais situé au-dessus des réalités terrestres, à mi-chemin entre les hommes et Dieu. Ici elle pouvait jouer des heures durant, seule, les yeux mi-clos, de son violon adoré.

La statue de Saint Louis, située à l'entrée, était sa seule auditrice. Mais parfois, dans la nuit, l'abbé Poitevin venait sur la pointe des pieds. Il entrait par la petite porte dérobée de la rue Poulletier et écoutait, debout, émerveillé par la musique. Malgré sa discrétion, il savait que Julie l'avait remarqué. Ainsi s'était tissée entre eux une étrange relation. La jeune fille avait accepté cette présence à contrecœur, parce qu'elle savait que sa musique exacerbait les talents de prédicateur de l'abbé.

Cette messe du dimanche était devenue un haut lieu de culte pour les érudits parisiens, soucieux d'entendre un prêche incisif, mêlant habilement les écrits bibliques aux réalités du monde présent. L'abbé Poitevin parlait clair, concret, et savait expliquer mieux que quiconque les mystères de la foi. Il avait ainsi réussi à contrer la concurrence déloyale de Notre-Dame. Nombreux étaient ceux qui avaient vanté au cardinal cette cérémonie qui faisait nef comble chaque dimanche.

Jean, l'organiste, arriva enfin. Il était onze heures moins cinq. Il régla son instrument de quelques mouvements rapides et saccadés et, avant de s'asseoir, posa un baiser sur le front de Julie qui, les yeux mi-clos, ne remarqua pas son regard enfiévré d'amour. Cette présence était rassurante. Pour Julie, Jean était un ami, musicien comme elle. Il avait, du fait de sa profession de luthier, l'amour indéfectible des violons. Il était parfois un confident, mais Julie l'avait cantonné au rôle de soupirant platonique. Majestueusement, la jeune fille entama les derniers trilles de cette sonate du diable. La messe dominicale allait pouvoir commencer.

L'île Saint-Louis est un petit monde à part, bijou au cœur de Paris dont l'écrin est la Seine, musée éclectique au grand air. Mais c'est aussi un espace de vie pour quelques privilégiés se fréquentant entre eux, et divisant le monde en deux : les habitants de l'île, et le reste de l'univers. Ces résidents sont des artistes, des peintres, des sculpteurs, ou de riches hommes d'affaires souvent étrangers, toujours en déplacement, habitant de somptueux hôtels particuliers chargés d'histoire comme la maison de Camille Claudel, l'égérie de Rodin immortalisée par Isabelle Adjani, située quai d'Anjou. Galeries d'art, antiquaires, boutiques d'exception, tel ce petit marionnettiste, dont la vitrine vaut à elle seule une visite à Paris, forment l'essentiel des magasins. Cet univers de riches privilégiés était invisible pour un non-initié, car il était caché par le flux des promeneurs, toile de fond permanente du décor. Touristes et habitués constituaient ainsi les deux populations non miscibles, mais intimement mêlées, de l'île, un peu comme certains affluents qui, se jetant dans un fleuve plus gros qu'eux, ne mélangent pas leurs eaux. Notre-Dame de Paris restait l'attrait principal de l'endroit, et avait terni presque naturellement l'image de la belle église Saint-Louis-en-l'Île. Peu à peu, ce lieu de prière, entouré de maisons qui le jouxtent de si près qu'elles le privent de toute perspective, s'était recroquevillé, humble et soumis face à sa voisine, la glorieuse cathédrale. Le fidèle remarque sa porte d'entrée latérale au milieu de la rue Saint-Louis-en-l'Île, sur un trottoir étroit, encombré et peu propice aux découvertes architecturales. Seule une grosse horloge ronde attenante au porche en signale l'accès.

La nef était comble, mais un grain de sable gênait la machine bien huilée et empêchait la cérémonie de débuter. À moins de quelques minutes de la messe, l'abbé Poitevin n'était toujours pas là. Lui, le prédicateur à la mode, si pointilleux en matière d'exactitude, si respectueux des rites et coutumes, si soucieux de l'ordre établi... Le diacre avait célébré avec lui l'office des laudes du matin. L'abbé était rentré chez lui vers 9 heures, pour prendre un petit déjeuner. Il habitait rue Poulletier, à quelques mètres de l'église, où, pour un loyer très modeste, il louait une petite maison à Mme Malgoire. Au milieu de cette rue minuscule, il y avait un vieux porche et, derrière, une petite cour pavée. Tout au fond, coincée entre deux immeubles plus hauts et rénovés, se trouvait la maison de Mme Malgoire. C'était une vieille dévote, petite et sèche comme un coup de trique, voûtée comme les arches de la nef. Mais sur ce visage fripé par l'injure du temps brillait un regard perçant. Les esprits chagrins auraient classé Mme Malgoire dans la catégorie des bigotes. Elle était toujours fourrée à l'église pour assurer le quotidien : changement des fleurs et de l'eau des vases qui ornent l'autel, comptabilité des cierges, commandes de l'eau bénite, du vin, des hosties... Elle était responsable de tout et s'acquittait de sa tâche avec discrétion, diligence et exactitude, payant de sa poche lorsque c'était nécessaire, c'est-à-dire souvent.

Un peu plus de deux ans auparavant, à l'arrivée de l'abbé Poitevin, elle avait fait un marché avec ce dernier : elle lui louait la maison pour un prix raisonnable et pour tout dire dérisoire, s'il acceptait que Julie, sa protégée, habite au deuxième étage. Il y avait alors urgence, car les services sociaux voulaient placer Julie en foyer. Sa mère, femme de ménage, se prostituait occasionnellement, notamment en fin de mois, dans le studio où elle vivait avec Julie, alors âgée de quinze ans. La jeune violoniste avait grandi ainsi, son violon étant le seul héritage reçu de son père décédé, et la musique, sa principale préoccupation. Mauvaise élève, c'était une adepte de l'école buissonnière, surtout à la belle saison, où elle aimait à flâner sur les quais de la Seine. Mais sa présence assidue au catéchisme l'avait fait remarquer par Mme Malgoire. Pour Julie, l'église était un endroit rêvé, et elle avait vite compris l'avantage qu'elle pouvait en tirer. La jeune fille s'occupa de la musique pour les messes, les baptêmes, les mariages et les enterrements, et s'installa discrètement dans cette petite chambre mansardée, au deuxième étage de la maison de Mme Malgoire. Rapidement, elle eut l'autorisation de jouer dans l'église en dehors des heures de liturgie. Son bonheur était total, et elle n'avait d'autre ambition que de pérenniser cette situation avec l'assentiment de tous.

— Il faut commencer la messe, il est l'heure, gronda le diacre en gigotant, le front inondé de sueur.

Le silence qui suivit les dernières notes de Julie fut assourdissant. Chacun prit conscience du retard de l'abbé Poitevin. Un enfant de chœur était allé chez l'abbé pour voir ce qui se passait, et revenait en courant. Il était si essoufflé, et si ému, qu'il n'arrivait plus à articuler un seul mot. Il balbutiait, tandis qu'on le pressait de questions.

— Alors, monsieur l'abbé, tu l'as vu ?

— Oui...

— Il est chez lui ?

— Oui...

— Il arrive ?

— Non...

— Et pourquoi donc ?

— Il est mort.

2

Pignol mène l'enquête

Le Quai des Orfèvres avait été aussitôt averti, et le commandant Pignol, de permanence ce jour-là, appelé d'urgence pour débuter l'enquête. Prudent et méthodique, il avait pris tous les hommes disponibles pour ne pas perdre de temps. En cas de crime, les premières heures d'une enquête sont capitales : avec le temps, les mémoires vacillent, les charges s'estompent ou disparaissent.

La nouvelle de l'assassinat de l'abbé Poitevin s'était répandue comme une traînée de poudre et de nombreux journalistes s'étaient rendus dès le dimanche soir sur les lieux. Les télévisions commentaient longuement l'événement. Pignol avait été filmé pour le journal de 20 heures. Il aimait en effet se pavaner devant les journalistes. C'est ainsi que Mercier, en regardant les informations du soir, avait pris connaissance de l'affaire. Mme Mercier avait murmuré en desservant la table :

— C'est toi qui vas t'en occuper ?

— Probablement.

Pignol avait dû travailler une bonne partie de la nuit et avait peu dormi. Il aimait prendre des responsabilités et, comme le crime avait eu lieu un dimanche, il s'était retrouvé sans Mercier, et sans le divisionnaire, pour le diriger. Son souhait le plus grand était de résoudre seul, en quelques heures, cette énigme, ce qui aurait ébahi ses collègues de la brigade. Il aurait voulu leur apporter sur un plateau un beau coupable, avec des aveux signés. Mais dans cette affaire, il n'avait pas l'ombre d'un suspect, et pas même de mobile. L'abbé Poitevin était aimé de tous. Personne n'avait rien remarqué d'anormal. Le dimanche avait été tranquille dans le quartier, les mains courantes des différents commissariats n'ayant rien signalé. Du reste, les matinées dominicales de l'île Saint-Louis sont habituellement calmes, touristes et habitants dormant assez tard. Pignol n'avait toutefois pas ménagé sa peine et, dès le lundi matin, il rendit compte de ses premières investigations au divisionnaire qui avait invité le commissaire Mercier à assister à l'entretien.

— Alors, Pignol, c'est quoi, ce curé assassiné ? L'île Saint-Louis, un quartier si paisible, se distingue par un petit désordre ?

Le divisionnaire était enjoué en ce début de semaine. Son week-end en famille avait dû être agréable, car il avait un ton désinvolte qui ne lui était pas particulièrement familier. Mercier, lui, était intéressé par le coté pittoresque de cette affaire, qui allait le changer un peu du milieu du grand banditisme auquel il était habitué. Il ne perdrait pas au change à fréquenter l'église Saint-Louis-en-l'Île plutôt que les bars de Pigalle, son pain quotidien.

Ces séances à trois dans le bureau du divisionnaire du premier étage, qui donnait sur le quai des Orfèvres, étaient assez fréquentes, et répondaient à un rituel immuable. Pignol racontait en détail ses découvertes. Le divisionnaire le reprenait gentiment à coups de « mon brave Pignol, mon petit Pignol ». Le commandant prenait ces mots affectueux pour une marque de confiance. Mercier, lui, se régalait de la façon dont le divisionnaire se payait ainsi la tête de Pignol, même s'il savait que ce dernier était également capable d'éclairer les enquêtes avec une multitude de renseignements, certes confus. Un peu comme avec les morceaux d'un puzzle, il fallait trier, ranger, hiérarchiser, avant que les choses se clarifient enfin. Le travail de Pignol n'était donc pas inutile, mais il fallait un décodeur pour le rendre lisible et efficace. Le divisionnaire avait ainsi deux espèces de chiens pour l'assister dans sa mission de service public : Pignol était un berger allemand puissant et fidèle, avec de grosses pattes balourdes, et Mercier, un épagneul un peu fou, mais doté d'un flair exceptionnel pour débusquer les gibiers les plus malins. Le tandem Mercier-Pignol, c'était comme la dynamite et la mèche : ça pouvait claquer à la figure du divisionnaire à tout instant mais, bien maîtrisé, c'était une force de frappe extraordinaire pour résoudre les affaires difficiles.

Pignol poursuivait son monologue, mais le divisionnaire pensait déjà au planning chargé de la semaine. Trop éloignée du grand banditisme, cette enquête n'était déjà plus la sienne, mais celle du commissaire Mercier. Le commandant était tout à son discours, rapide, volubile, rythmé par de grands gestes des mains. De temps en temps, il regardait Mercier qui écoutait en silence. Il espérait un encouragement, un acquiescement, une remarque, et même un reproche. Mais ce silence l'accablait. Ce n'était tout de même pas de sa faute si l'assassin n'était toujours pas identifié quelques heures après la découverte du corps !

— L'abbé Poitevin a été retrouvé assassiné chez lui. C'était le curé de l'église Saint-Louis-en-l'Île. Un homme brillant et sans histoire, trente-neuf ans, universitaire, une licence de théologie, quatre ans de séminaire, entré dans les ordres à vingt-huit ans, deux ans de retraite dans une abbaye, puis remarqué par le cardinal Lustiger pour ses qualités de théologien. C'est lui qui l'a promu dans la paroisse de l'île Saint-Louis, où il exerçait depuis un peu plus de deux ans. Il paraît que ses sermons du dimanche font salle comble. Une vedette dans son genre.

— L'arme du crime ?

— Une canne à pommeau, propriété de l'abbé. Un seul coup très violent sur la tête. D'après le légiste, il y a eu une hémorragie cérébrale, et il est mort aussitôt.

— L'heure ?

— Il a quitté l'église un peu avant 9 heures, après sa messe du matin. On l'a retrouvé mort à 11 heures.

— Cela nous laisse deux heures pour le crime.

— Oui.

— Qui a découvert le corps ?

— Un enfant de chœur. L'abbé Poitevin devait faire le sermon de la messe de 11 heures, comme à son habitude. Ne le voyant pas arriver, le diacre de l'église s'est inquiété et l'a envoyé chercher.

— Il habite loin de l'église ?

— Non, il habite rue Poulletier, juste derrière.

— Il est seul dans cette maison ?

— Oui... Enfin non, la propriétaire, une certaine Mme Malgoire, y loge aussi une de ses protégées, dans une petite chambre du deuxième étage.

— C'est qui, cette protégée ?

— Julie. Elle a dix-sept ans, elle fait un peu de musique. Elle joue du violon dans l'église pour les mariages, les enterrements et certaines messes.

— Elle habite donc chez le curé ?

— Oui, le curé au rez-de-chaussée, et la fille au deuxième étage.

Le divisionnaire avait froncé le front en signe de réflexion.

— Et cela ne vous paraît pas bizarre, à vous, Mercier, un abbé vivant seul avec une jeune fille ? Ça devait faire jaser dans le quartier.

Mercier hocha la tête avec un petit grognement, laissant Pignol poursuivre.

— En fait, cette Julie, ce n'est pas une idée de l'abbé, c'est la logeuse, Mme Malgoire, qui la lui a imposée.

— L'abbé assassiné était donc le locataire de cette femme...

— Oui, elle est propriétaire de plusieurs immeubles dans le quartier, et elle loue cette petite maison de la rue Poulletier pour un prix modique à l'abbé. En prime, elle loge gratuitement la jeune violoniste de l'église. Elle s'est prise d'affection pour cette Julie, et elle a demandé à l'abbé d'accepter qu'elle loge dans une petite chambre du second étage.

— Elle fait dans le social, ta bigote de logeuse.

— Oui. La mère de la petite Julie fait des ménages, elle habite une minuscule pièce et, comme elle n'arrive pas à boucler ses fins de mois, elle fait quelques passes de temps à autre. Elle est fichée comme prostituée dans nos services, rien de bien grave, sauf pour la petite Julie, qui vivait avec elle. Il y a deux ans, les services sociaux s'en sont mêlés, on a voulu enlever la petite à sa mère, et c'est finalement

Mme Malgoire qui a arrangé le coup en hébergeant Julie, sous la garde de l'abbé Poitevin.

— Un abbé pour l'éducation d'une jeune fille, c'est parfait ! lança Mercier.

Mais Pignol n'avait pas noté l'ironie de sa remarque :

— Oui, c'est ce qu'ont pensé les services sociaux : ils ont accepté cette solution qui arrangeait tout le monde.

— Et cette Mme Malgoire, reprit le divisionnaire, si elle possède plusieurs immeubles, elle doit être riche étant donné le prix du mètre carré dans le quartier ?

— Sûrement, mais elle dépense très peu pour ne pas le montrer. Elle vit simplement, courbée, mal fagotée, on lui donnerait cent sous dans la rue.

— Et elle fait le ménage pour le curé ?

— Oui, mais bénévolement. Elle lui fait aussi quelques courses. En fait, c'est une grande curieuse. Comme ça, elle a la clef du logis du curé. Elle peut entrer et aller et venir comme elle veut dans la maison. Elle discute avec Julie, sa petite protégée, et la surveille du coin de l'œil.

— Et cette Julie, elle est fichée comme sa mère ?

— Non, pour elle, rien. Elle fait du violon, elle a même été inscrite au conservatoire, mais elle a été renvoyée.

— Pour quelle raison ?

Pignol répliqua assez vivement :

— L'enquête ne fait que commencer, je n'en sais pas plus pour l'instant.

— Elle a un petit ami ?

— Pourquoi ?

C'est Mercier, soudainement réveillé, qui répondit à Pignol.

— Réfléchis une seconde. Si cette fille a un copain, ses relations avec l'abbé sont normales pour une musicienne d'église. Sinon, on peut faire toutes les suppositions.

— La petite avait un petit ami, un gitan, mais il semblerait qu'elle l'ait quitté. On ne les voyait plus guère ensemble depuis plusieurs mois, et on ne lui connaît pas d'autre relation amoureuse. Il y a bien Jean, un luthier de l'île Saint-Louis... Il est également l'organiste de l'église. Il était d'ailleurs présent avec Julie pour la messe de 11 heures. Il semble très bien vu par Mme Malgoire, qui ne tarit pas d'éloges à son sujet. Il tourne un peu autour de la jeune fille, mais cela n'a pas l'air de la faire frémir.

— C'est qui, ce gitan ? demanda le divisionnaire.

— Il est en prison, à la Santé. En fin de peine, pour un vol qualifié. Trois jours dehors, deux jours dedans. C'est ce qu'ils appellent la réinsertion.

— Belle fréquentation pour une musicienne !

— C'est peut-être pour ça qu'elle l'a quitté, si on en croit les ragots du quartier.

— Et ce dimanche, où était-il ?

— Je n'en sais rien, mais personne ne m'a parlé de sa présence dans le coin ce jour-là.

— Un mobile, pour le crime ?

— Probablement une dispute, peut-être avec un familier, car il n'y a pas eu d'effraction. Apparemment, on n'a rien volé. Mais il n'y avait aucun objet de valeur dans cette maison...

— Quelle est ton hypothèse, Pignol ?

Pignol regarda Mercier d'un air suppliant, espérant qu'il dirait un mot à sa place, mais le commissaire attendait lui aussi sa réponse.

— Un loubard de passage qui aurait voulu faire un

petit vol. Il a pu être surpris par l'abbé, et l'aurait alors assommé.

C'est le divisionnaire qui répondit à Pignol.

— Mais, mon petit Pignol, tu nous as bien dit que l'on n'avait rien volé ?

— Oui. Mais le type a pu s'affoler et s'enfuir après avoir frappé le curé... Une bavure de petit malfrat, en quelque sorte.

— Dans le quartier, les loubards ont du respect pour la religion. Il est bien rare qu'ils tuent des curés.

— Et ton gitan, Pignol, il a un alibi ? demanda Mercier.

C'était la goutte d'eau qui faisait déborder le vase. Pignol explosa.

— Ah ! C'est ma fête aujourd'hui ! Qu'est-ce que je vous ai fait ? Si ce gitan vous intéresse, allez le voir vous-même, il est à la Santé, c'est une adresse facile à retenir !

Le visage de Pignol s'était enflammé. Son gros nez rond devenait tout rouge. Le divisionnaire mit fin à cette petite querelle.

— Tu as raison, Pignol, Mercier ira le voir car justement, il a des visites à faire à la Santé...

Mercier était interloqué. Qu'est-ce que c'était, cette histoire de visites à la Santé ? Au ton du divisionnaire, il avait cependant compris qu'il s'agissait d'une affaire sérieuse, et que cette enquête de curé assassiné n'était qu'un prétexte pour lui parler de choses plus graves. Il avait l'impression de s'être fait piéger. Pire, il avait le sentiment prémonitoire que son supérieur hiérarchique allait le mettre dans l'embarras...

— Bon, Pignol, continua le divisionnaire, tu continues tes investigations sous la direction de

Mercier qui dirige les opérations. La presse est sur les dents, le haut clergé va intervenir, mieux vaudrait donc conclure rapidement cette affaire sordide. Le procureur a déjà téléphoné, il semble pressé. Tu fouilles autour de cet abbé, tu explores ses antécédents, ses relations, tu interroges la logeuse et tu cuisines cette petite Julie qui nous ferait un bon suspect. Mercier s'occupera du gitan.

Se tournant vers le commissaire, il ajouta :

— Et vous, Mercier, vous en pensez quoi, de cette histoire ?

— Moi, vous savez, répondit le commissaire sur ses gardes, je n'ai pas d'avis. Mais assommer un curé avec un pommeau de canne, ce n'est pas un réflexe de femme. D'autre part, une fille qui aime la musique ne peut pas être foncièrement mauvaise...

Avec cette petite phrase assassine, Mercier venait d'exprimer son sentiment sur les idées préconçues du divisionnaire qui voulait en finir au plus vite avec cette histoire de curé, et pour qui tout sujet fragile faisait un bon coupable.

Le divisionnaire s'était levé et congédia Pignol en lançant, goguenard :

— Tu n'oublieras pas le champagne !

C'était un rituel, chaque fois que l'un d'eux passait à la télévision. Mercier allait se lever mais le divisionnaire lui intima l'ordre de rester. Il attendit que Pignol eût refermé la porte matelassée de son bureau, regarda ostensiblement par la fenêtre qui donnait sur la Seine pour bien marquer une transition, se rassit et prit un air plus grave. Le ton de la conversation changeait.

— Nous avons un problème, Mercier.

— Quoi ?

— Vous vous souvenez de cette Gisèle ?

Mercier s'en souvenait parfaitement. La jeune femme avait tué son souteneur après une dispute. Au cours de son interrogatoire, elle avait donné Dédé, un braqueur de banques. L'affaire avait défrayé la chronique trois ans auparavant. Dans le parking où Dédé entreposait son butin, Mercier avait retrouvé de l'argent, des armes et des explosifs. Une véritable caverne d'Ali Baba. Dédé avait été arrêté, son procès venait d'avoir lieu, il en avait pris pour quinze ans. De nombreux complices avaient été jugés et incarcérés. Grâce aux renseignements donnés par Gisèle, on avait pu démanteler plusieurs réseaux de terrorisme et de grand banditisme, ce qui avait valu au divisionnaire une augmentation d'échelon. Mercier avait quant à lui obtenu l'assurance que Gisèle ne serait pas chargée dans le dossier du meurtre de son souteneur, complice de Dédé. Le juge avait tenu parole, et Gisèle avait bénéficié de son indulgence.

— Bien sûr que je m'en souviens.

— Elle va être libérée.

— Tant mieux, répondit Mercier. Elle est gentille, cette fille-là. Si on ne la provoque pas, elle ne ferait pas de mal à une mouche...

— Dédé dit à qui veut l'entendre qu'elle ne profitera pas longtemps de cette liberté.

— Il a mis un contrat sur sa tête ?

— Pire.

— Comment ça ?

Le divisionnaire marqua un temps d'arrêt.

— Il dit qu'il va s'évader avec l'aide de son ami Guillaume, et qu'il tuera Gisèle de ses propres mains. Il clame qu'il veut la voir mourir devant lui, lentement, les yeux dans les yeux.

— Le sort réservé aux balances. Mais comment savez-vous tout cela ?

— Le directeur de la Santé m'a téléphoné. Il a ses indics, lui aussi. Il veut vous parler. Allez le voir, vous en profiterez pour interroger ce gitan. Mais méfiez-vous, Mercier, avec les dégâts que vous avez causés dans le milieu du grand banditisme, ils vont vouloir vous la faire payer, cette histoire de balance. Dédé n'est pas isolé. Soyez prudent ! Vous savez, moi, cette Gisèle, je m'en fous... Une prostituée de plus ou de moins sur les trottoirs de Paris... Mais vous sembliez très attaché à cette petite. Je vous livre l'information, vous avez carte blanche.

Le divisionnaire fit quelques pas vers la fenêtre, tournant ainsi le dos à son bureau. Il se dandinait maladroitement d'un pied sur l'autre, comme un ours. Il mit un terme à l'entretien en lançant avec emphase :

— À vous de jouer maintenant.

3

Le problème de Mercier

Mercier monta dans son bureau. Il voulait être seul, ne fût-ce que quelques minutes, pour faire le point et décider d'une stratégie. L'entretien avec le divisionnaire l'avait secoué. Il exécrait ce genre de situation. Des événements explosifs se préparaient. La sortie imminente de Gisèle l'exposait à tous les dangers : Guillaume qui allait et venait en toute liberté, téléguidé par Dédé, sans compter le monde du grand banditisme, qui serait bien content de narguer Mercier. Et puis, il y avait cette affaire de l'île Saint-Louis dont le divisionnaire venait de lui confier la responsabilité, avec ce Pignol, consciencieux, mais imprévisible.

Le commandant Pignol ne faisait pas partie de l'équipe directement rattachée à Mercier. Mais le divisionnaire le confiait souvent au commissaire lors des enquêtes, ce qui lui permettait de suivre de près l'état des recherches. Une mission de taupe, en quelque sorte, qui correspondait aux méthodes du divisionnaire. Comme disait Mercier en le décrivant : « Dans un premier temps, je cloisonne, dans un deuxième temps, j'infiltre. » Tout ceci n'était pas nouveau, bonnes vieilles recettes héritées de la guerre et de la Résistance...

On venait de suggérer à Pignol l'idée que Julie

ferait une bonne suspecte. Mais était-ce une piste sérieuse ? Mercier décida de prendre les devants, et d'aller voir les lieux, l'église, Julie, ainsi que cette Mme Malgoire. Cette bien curieuse logeuse en savait peut-être plus qu'elle ne l'avait confié à Pignol. Il irait également à la prison de la Santé, dès le lendemain matin, voir ce gitan. Cela lui ferait un bon prétexte pour revoir Gisèle et discuter avec le directeur du rocambolesque projet d'évasion de Dédé. Une évasion annoncée ! On croyait rêver !

Manifestement, le divisionnaire ne lèverait pas le petit doigt pour assurer la protection de Gisèle. Cette attitude était d'ailleurs conforme aux habitudes de la police : l'indicateur doit assumer seul les conséquences de ses confidences. Sans nul doute, le milieu mettrait un point d'honneur à se venger non seulement de Gisèle, mais également de Mercier. La jeune femme ne serait même que le prétexte pour toucher le commandant. Il mit un point final à quelques rapports, et téléphona au juge d'instruction pour mettre Guillaume sur écoutes téléphoniques. Routine nécessaire. Il prit également rendez-vous avec le directeur de la Santé pour le lendemain matin, non sans s'être assuré que le gitan y serait. Enfin, il descendit au sommier pour prendre connaissance des renseignements sur Guillaume et ce gitan. Il jeta un coup d'œil à la fiche de la mère de Julie mais, hormis de rares interpellations pour racolage, il n'y avait rien de bien grave concernant cette femme de ménage, veuve depuis des années. Il y avait deux ans que Julie n'était plus à sa charge et, grâce à la bonté de Mme Malgoire, elle n'était plus obligée de se prostituer que très occasionnellement. L'affaire de l'île Saint-Louis déroutait Mercier. Un crime, un dimanche matin, entre deux messes... Un loubard aurait plutôt agi un soir, en semaine.

Au premier étage, il retrouva son groupe de permanence. Des hommes dévoués, formés par lui depuis des années, que les autres commissaires de la brigade tentaient régulièrement, mais en vain, de récupérer. Mercier avait ainsi son petit secteur, des fidèles sur lesquels il pouvait compter en cas de coup dur. Il leur expliqua la situation, et se proposa d'aller le soir même observer ce Guillaume. Ne pas déléguer, tel était le secret de Mercier : rester sur le terrain, « flairer le truand », comme il le disait lui-même en plaisantant. Ce détail avait singularisé et isolé Mercier des autres commissaires, peu à peu devenus des hommes de bureaux.

Le commissaire quitta son bureau tôt dans l'après-midi et se dirigea vers l'île Saint-Louis toute proche. Il faisait beau et chaud. Cette petite escapade était un plaisir avant la soirée, qui s'annonçait rude. En effet, si Mercier voulait en savoir plus sur ce Guillaume, il devrait traîner une partie de la nuit dans les bars. Ce n'était pas l'ambiance qui le rebutait. L'atmosphère feutrée de ces cafés qui servent de bureau et de salon à une multitude de petits truands, receleurs et combinards, ne lui déplaisait pas. Il venait y pêcher les confidences, souvent anodines, qui constituaient la trame à partir de laquelle il construisait ses certitudes. Au fil des ans, Mercier avait acquis l'art de nouer un dialogue avec le milieu. Pignol disait souvent que c'était du temps perdu, et que la manière forte d'un bon interrogatoire au commissariat ou à la brigade était plus rentable. Ce détail en apparence insignifiant traduisait un mode de fonctionnement radicalement différent. Mercier reconnaissait une piste à un soupir, une intonation, un regard fuyant. Mais ce qui le gênait, c'était ce qu'on allait lui offrir à boire. Un barman ne parle pas tant qu'on n'a pas trinqué. C'est un rite immuable et le très obséquieux « Qu'est-ce que vous prenez, monsieur le commissaire ? » est le sésame de base pour entrer dans le monde de la confidence. Mercier aimait le bon vin et les alcools forts de qualité, mais les mauvais alcools qui sont le fonds de commerce de ces petits bars lui répugnaient. Ces soirées lui valaient du reste les reproches voilés de sa femme, le lendemain matin :

— Tu es encore rentré tard hier soir, ou plutôt ce matin, murmurait-elle.

— Oui, mais je n'ai pas pu faire autrement, répondait-il machinalement.

Il y avait un enterrement lorsqu'il arriva à l'église Saint-Louis-en-l'Île. Levant les yeux, Mercier remarqua le très curieux clocher ajouré et pointu, qui caractérise l'architecture de cette église ancienne. Il franchit les lourds vantaux de chêne ornés de rosaces et de guirlandes et s'assit au dernier rang, près des fonts baptismaux. L'église était fraîche. La nef était constituée de trois travées avec des bas-côtés ouverts sur de petites chapelles, et les piliers, coiffés de chapiteaux corinthiens, supportaient les grandes arcades. Un violon berçait l'assistance, allégeant la peine de la famille réunie par le deuil. Mercier devina la présence studieuse de Julie. Il ne la voyait pas, mais l'imaginait à travers sa musique. Émotive, délicate, fragile. Il n'était pas musicien, pas même mélomane, mais il fut sensible à cette mélodie douce, rythmée et voluptueuse. Flic anonyme assis au fond de l'église, presque mélancolique, il aurait souhaité que le spectacle durât plus longtemps. À la dernière note, il se retint d'applaudir. Le défunt avait eu la chance d'être accompagné en musique dans son grand voyage pour l'éternité. Mercier attendit la fin de la cérémonie. Julie fit irruption par une petite porte qui menait à l'étage intermédiaire de l'orgue. Elle était assez grande, mince, les cheveux blonds aux épaules. Un très long cou soutenait un visage lumineux mais triste. Elle avait de grands yeux clairs et une bouche assez large, avec des lèvres bien formées. Nul maquillage ne trahissait cette beauté originelle. Vêtue d'un jean, d'une chemise bleue et d'une veste trop grande pour elle, elle avait ce charme des très jeunes filles qui, sous un regard enfantin, masquent un corps de femme. Comme une ombre, elle frôla Mercier. Sa démarche était souple et élégante. Elle était très belle, mais sans aucune recherche pour se mettre en valeur. Une beauté discrète. Au premier rang, une vieille femme se retourna et regarda Julie attentivement avant qu'elle ne s'éclipse. Mercier reconnut Mme Malgoire, dont Pignol avait en effet dressé un fidèle portrait. Il se leva et suivit Julie.

Elle tourna à droite en sortant de l'église, puis quelques mètres plus loin encore à droite, dans la rue Poulletier. Elle passa le porche et rentra chez elle, c'est-à-dire chez Mme Malgoire et feu l'abbé Poitevin. Le commissaire revint à l'église. Julie était vraisemblablement la dernière personne à avoir vu l'abbé vivant. Avait-elle un alibi entre 9 et 11 heures, ce dimanche-là ?

L'enterrement était terminé. Mme Malgoire, voûtée

comme les arches de la nef, habillée d'une petite robe de couleur muraille, mi-longue, informe, arrangeait les fleurs de la cérémonie. Petite, maigre, les cheveux gris entourant un visage effilé flanqué d'un grand nez busqué, les lèvres fines, elle ressemblait à un gnome. Elle releva la tête comme pour défier Mercier. Manifestement, elle avait deviné qu'il était flic. Il était sur son territoire, elle avait compris qu'il était venu observer Julie, sa protégée. Était-elle déjà suspecte ? Mercier croisa le regard de la vieille, un regard d'acier, un regard de prédateur, qui parut cependant effrayé l'espace d'une seconde. La vieille avait peur, et cette alarme n'était pas due à la seule présence de la police dans l'église. Mme Malgoire était en mission, un devoir sacré. Un crime affreux venait d'être commis, la main du diable ou la justice de Dieu avait frappé. Elle devait savoir quelque chose, mais Mercier se dit que la vieille se ferait découper en tranches plutôt que de révéler son secret. À cet instant, il eut l'intuition que cette bigote avait joué un rôle dans cette affaire de crime. Mais pour quelle raison ? Pour se protéger elle-même, pour sauvegarder la mémoire de l'abbé Poitevin, pour défendre sa petite protégée ? Mystère ! Mme Malgoire, comme la louve qui défend ses petits, ressemblait à ces femmes qui peuvent tuer lorsque le sort les pousse à bout.

Le commissaire erra dans l'île Saint-Louis, flâna devant les galeries et, finalement, prit la rue Poulletier jusqu'à la maison de l'abbé. La cour pavée était rectangulaire ; sur l'une de ses façades courait une glycine bleue, vestige des splendeurs du passé, ou innovation originale d'un jardinier anonyme. La maison était petite, coincée entre deux immeubles, tout en hauteur : au rez-de-chaussée, le logement de l'abbé, au premier, une salle d'eau, vraisemblablement, avec une fenêtre en verre dépoli, et au deuxième étage, sous un toit d'ardoise, la chambre de Julie. Mercier faillit sonner pour lui poser quelques questions. Il se retint, se refusant à empiéter sur l'enquête de Pignol, et prit la direction du Quai des Orfèvres. Entendre la jeune fille dans ce lieu sacré avait été un plaisir, la voir, un ravissement. Lui parler aurait été un bonheur... Mercier se secoua, déconcerté. Il divaguait. Julie lui avait fait un effet inhabituel, mélange de mélancolie et de nostalgie rêveuse qui lui rappelait les anges des tableaux de grands maîtres. L'absinthe avait peut-être les mêmes vertus.

Soudain, Mercier eut soif. Il entra dans une brasserie voisine boire un verre de vin. À cet instant, il en savait beaucoup plus que Pignol qui, depuis deux jours, ratissait le quartier de fond en comble et interrogeait sans relâche les riverains. Désormais, Mercier rechignait à voir Julie ennuyée par Pignol.

Il retrouva son bureau, et arrosa minutieusement son camélia, méditant sur la meilleure façon de mettre Gisèle à l'abri. Silencieux, immobile mais l'esprit en éveil, il attendait de pouvoir commencer sa tournée des bars de Pigalle. Il n'eut pas le courage de téléphoner à Mme Mercier pour lui dire qu'il ne rentrerait pas dîner, et il s'en voulut. Elle s'inquièterait, elle ne s'endormirait pas avant son retour, elle lui garderait quelque chose au chaud, mais il savait déjà qu'il n'aurait pas faim, et qu'il se réveillerait le lendemain la langue pâteuse.

Au cours de sa virée nocturne, Mercier apprit que Guillaume était un artiste minable, mais qu'il avait le don de très bien tirer à l'arbalète. Dix ans auparavant, il avait été champion de France de cette discipline. Ce succès l'avait grisé, puis, pris par des jeux d'argent et ruiné en peu de temps, il s'était progressivement laissé happer par les bars louches de Pigalle. Ainsi, il avait dû accepter un peu de trafic de drogue pour rembourser ses dettes et subsister. Ses mauvaises fréquentations avaient fait le reste, et il vivotait en donnant un spectacle où, déguisé en Guillaume Tell, il transperçait une pomme placée sur la tête d'une misérable partenaire alcoolique qui vivait avec lui. Guillaume était un surnom, donné par ses amis, en raison de son numéro de scène. C'était d'ailleurs sa seule originalité car, pour le reste, sa personnalité était plutôt terne. Un gagne-petit, un miteux sans envergure. Mercier dénicha l'endroit où il se produisait, trouva le spectacle assez triste, et rentra chez lui rassuré. Ce joueur de fléchettes d'un nouveau genre ne semblait pas être un gros calibre. Faire évader un détenu d'une prison aussi surveillée que la Santé supposait une logistique complexe et coûteuse. De plus Guillaume se savait désormais repéré et localisé. Il devinerait qu'il était suivi, et que son téléphone serait mis sur écoutes. Le jeune homme n'était pas un vrai membre du milieu, mais plutôt une pièce rapportée : sa fiche de police l'impliquait dans plusieurs petites affaires mais il n'avait jamais été condamné par la justice. Il suffisait sans doute de l'intimider pour le neutraliser. Un truand suivi par la police est immédiatement mis à l'écart. Il devient un pestiféré. La peur pour un brigand est sa meilleure assurance-vie.

Malgré cette virée plutôt rassurante, le commissaire avait deviné qu'un piège mortel était tendu et qu'il allait devoir jouer serré. En visant Gisèle, le milieu visait Mercier. Les rôles étaient inversés : de chasseur, il devenait gibier.

4

Mercier à la Santé

Dès son arrivée à la Santé, Mercier fut introduit dans le bureau du directeur. Les deux hommes se connaissaient : les pensionnaires des prisons sont bien souvent les cibles d'interrogatoires de police permettant de recouper les témoignages, et prêts à tout pour une petite remise de peine.

Le directeur lui offrit une chaleureuse poignée de main et alla s'asseoir à son bureau. Malgré l'heure matinale, il faisait déjà chaud et lourd. Le directeur, qui avait ôté sa veste, exhibait de larges bretelles aux couleurs vives. Il occupait un poste difficile : trop laxiste, il s'exposait à des évasions et, trop strict, il risquait une mutinerie, avec le soutien implicite de la presse gauchisante et de certaines associations.

— Bonjour et ravi de vous voir, Mercier. Mais il ne fallait pas vous déplacer, un coup de fil aurait suffi...

— Je dois poser quelques questions à un gitan qui est en conditionnelle chez vous. Voici les papiers pour cet interrogatoire.

Le directeur jeta un coup d'œil distrait aux documents avant de les déposer dans un tiroir de son bureau.

— Qu'est-ce que vous lui voulez, à ce gitan ? Ici, il est plutôt tranquille. Il sort deux jours par semaine pour chercher du travail, et le dimanche pour aller voir sa vieille mère. Elle vit dans une roulotte avec sa famille dans la banlieue nord de Paris.

— C'est en rapport avec ce meurtre d'abbé à Saint-Louis-en-l'Île. Vous avez dû entendre parler de cette affaire...

— Comme tout le monde, à la télévision et par les journaux... Une intrigue pas ordinaire. Pour vous, c'est un suspect, ce gitan ?

— Non, mais il est l'ancien petit ami d'une fille qui habite la même maison que la victime. Alors, on veut vérifier ce qu'il sait sur cette fille et sur l'entourage de cet abbé, rien de plus.

— Cela ne va pas remettre en cause sa libération conditionnelle ?

— Je ne pense pas. C'est le commandant Pignol qui aurait dû venir l'interroger mais, suite aux menaces pesant sur Gisèle, j'ai préféré venir moi-même. J'aurais bien profité de cette visite pour la voir quelques instants...

— Pas de problème. Vous tombez bien : elle sort demain. Je viens de recevoir l'ordre de sa levée d'écrou. Et Dédé, vous voulez le voir ?

En effet, ni Gisèle ni le gitan n'intéressaient vraiment le directeur de la Santé. Mais les rumeurs d'évasion de Dédé l'inquiétaient.

— Non, celui-là je vous le laisse pour quinze ans. Après, ça ne me concernera plus : je serai à la retraite. Mais qu'est-ce que c'est que cette histoire d'évasion ?

Le directeur fronça les sourcils et ébaucha un petit sourire de circonstance.

— Oh ! Rien d'inquiétant. Ici, un pensionnaire sur deux ne survit que grâce à des fantasmes d'évasion. C'est le plus efficace des tranquillisants. Un détenu qui pense à s'évader est toujours très correct avec les surveillants pour éviter de se faire remarquer. Alors nous, on est habitué et on laisse dire sans trop s'alarmer. Mais nous restons vigilants, car nos pensionnaires sont sournois. Quelquefois, une trop bonne conduite nous met en éveil. Vous savez, ici, à en croire les détenus, il n'y a que des erreurs judiciaires... L'évasion, c'est leur grand sujet de conversation. Mais heureusement, il y a un monde entre ce qu'ils disent et ce qu'ils font. Moi, seuls les faits m'intéressent. Ce qui se passe dans leur tête ne m'affecte guère.

C'est bien cela qui inquiétait le commissaire qui, au contraire, tenait le plus grand compte de ce qui occupait l'esprit des prisonniers.

— D'habitude, ce genre de ragot ne passe pas les limites de la prison, et ne remonte pas jusqu'au Quai des Orfèvres. C'est bien vous qui avez téléphoné au divisionnaire ?

Le sourire du directeur se transforma en rictus.

— Oui, car ici, tout le monde considère Gisèle comme une balance. Le milieu veut lui faire la peau. Depuis quelques jours, Dédé prétend qu'il règlera l'affaire de ses propres mains. J'ai averti la hiérarchie, par prudence. Mais je crains plus pour Gisèle... Ce serait un peu triste qu'elle se fasse descendre en sortant d'ici. Pendant ses trois années d'incarcération, elle a été très docile, et elle est plutôt mignonne.

— Dédé a-t-il parlé d'un certain Guillaume qui pourrait l'aider ?

— Oui, mais celui-là, je ne le connais pas.

— Quelles mesures allez-vous prendre ?

— J'ai placé Dédé au quartier de haute sécurité, au quatrième étage. Il y est depuis deux jours. Il va avoir du mal à communiquer avec l'extérieur. Demain, je relâche Gisèle. Je la ferai sortir dans une voiture de police. Nous vérifierons qu'elle n'est pas suivie, avant de la laisser à une station de métro.

— Et après ?

— Après, ce sera à vous de jouer, commissaire. Moi, j'aurai fini mon boulot de chien de garde.

Le directeur paraissait maintenant serein et sûr de lui, ce qui rassura presque entièrement Mercier. On ne pouvait guère prendre au sérieux ces rumeurs d'évasion, mais d'un autre côté, Dédé était réellement spécial, fort en gueule, à cheval sur les questions d'honneur et toujours prompt à la riposte. Sa franchise avait frappé Mercier lors des interrogatoires. Si l'information était vraie, la ficelle était un peu grosse. Mais la fantaisie ne cadrait pas avec le personnage... De quelque côté qu'on se tourne, quelque chose clochait... Le commissaire resta un moment silencieux avant de murmurer :

— J'aimerais mieux que Dédé reste chez vous sinon, on va être mal. Moi avec Gisèle sur les bras, et vous avec l'administration pénitentiaire...

— À qui le dites-vous ! Toutefois, avec Gisèle dans les bras, c'est vous qui serez le mieux loti ! Et vous oubliez la presse... avec une affaire pareille, ils seront déchaînés. Heureusement, j'ai pris mes précautions, et ce scénario ne peut pas se produire.

Le directeur s'était bien calé dans le fond de son fauteuil. Il tirait sur ses bretelles, résolument détendu. Mercier se permit toutefois d'insister.

— Vous voyez, il y a quand même quelque chose qui me tracasse.

— Quoi ? demanda le directeur un peu irrité.

— Ce Dédé, c'est loin d'être un imbécile. Dans le

milieu, on l'appelle Dédé le Niçois, mais en fait c'est un Basque qui braque des banques pour fournir de l'argent au terrorisme. Il a mis un point d'honneur à ne pas avoir de sang sur les mains : il ne chargeait jamais son arme lors des braquages.

— Il faut un sacré sang-froid !

— Je ne vous le fais pas dire. Je reste persuadé qu'il va tout tenter pour se venger de Gisèle.

— Par personne interposée, c'est possible.

— Non. Il tiendra sa parole : il la tuera lui-même.

— Alors, c'est qu'il a des ailes car dans le quartier de haute sécurité, il ne peut communiquer avec qui que ce soit, et il n'y a qu'une petite fenêtre avec des gros barreaux doublés d'un grillage côté extérieur. Votre Dédé, c'est un fanfaron, je vais le dresser. Vous verrez, après quelques semaines de mon régime spécial, il va revenir à un discours plus mesuré.

— J'en doute. Ce qui me surprend, c'est qu'il ait dévoilé son plan...

— Fanfaronnade, je vous dis. Ça prouve seulement que j'ai un bon réseau d'indicateurs dans ma prison.

La tension montait lentement entre les deux hommes.

— J'ai l'impression que Dédé a, au contraire, tout fait pour passer dans le quartier de haute sécurité.

— Il est passé du rez-de-chaussée au quatrième étage, il a pris un peu d'altitude, voilà tout !

— J'espère que vous avez raison.

— Faites-moi confiance, Mercier. Votre penchant pour Gisèle vous aveugle. Vous n'êtes pas objectif.

— Peut-être... Enfin vous êtes prévenu, Dédé est un malin, méfiez-vous.

— Vous avez raison, mais ce n'est pas à un vieux

singe comme moi que l'on va apprendre à faire la grimace.

Mercier changea de sujet. Officiellement, il était venu pour l'affaire de Saint-Louis-en-l'Île, et il fallait faire avancer l'enquête de Pignol.

— Revenons à nos moutons. Ce gitan, à quoi il ressemble ?

L'atmosphère se détendit.

— Menu fretin, récidive de vol qualifié, un an de prison ferme. Il a fait six mois et maintenant, il est en conditionnelle. Il sort quelques jours par semaine pour essayer de trouver du travail. Pour moi, c'est un détenu qui ne pose pas de problème.

Mercier prit congé, et un gardien le conduisit au quartier des hommes. Le directeur avait bien fait les choses et mis un petit bureau à la disposition du commissaire.

Le gitan entra, le regardant avec méfiance. Il était assez laid : des traits épais, un gros nez, des sourcils broussailleux, les oreilles décollées, et de grosses mains poilues. Il avait l'œil noir mais vif, et Mercier fut surpris par l'expression de frayeur de son visage. Le gitan avait peur de la police. Il faut dire que la période de libération conditionnelle peut à chaque instant être remise en question. Cependant, le commissaire lui rappela ses antécédents judiciaires sans l'impressionner.

— Des broutilles ! Je ne pense pas que vous vous êtes déplacé pour me lire mon casier.

— Je suis venu vous parler de Julie.

— Ah !

— Vous la connaissez ?

— Oui.

— Vous êtes son petit ami ?

— Plus exactement, j'étais son petit ami.

— Expliquez-vous.

— Moi, j'aurais bien voulu continuer, mais c'est elle qui n'a plus voulu.

— Pourquoi ?

— Allez savoir, avec les femmes...

— Vous la connaissez depuis longtemps ?

— Depuis un an environ. Nous nous sommes rencontrés dans son quartier. C'était le soir de la Fête de la musique, j'avais ma guitare, elle son violon, et à nous deux on a donné un petit concert sur le pont Marie. On a fait un tabac, presque une émeute. Julie, ça l'a fait rire, j'en ai un peu profité et de fil en aiguille on s'est mis ensemble.

— Vous viviez avec elle, rue Poulletier ?

— Malheureusement non, la vieille Malgoire n'aurait jamais voulu. Et puis il y avait le curé. Avec ces deux gardes du corps, Julie, elle était bien protégée ! La rue Poulletier, j'y suis allé quelques fois, mais toujours en cachette, en l'absence de la vieille et du curé. On faisait l'amour pendant les messes, lorsque Julie n'était pas de corvée avec sa musique et son violon. C'était donc pas souvent...

Mercier le dévisageait attentivement. Le gitan collaborait mais restait sur ses gardes, il semblait nerveux, ses grosses mains tremblaient. Manifestement, il avait peur.

— Où viviez-vous ?

— Aux Halles, chez un copain. Julie venait de temps en temps.

— Souvent ?

— À mon goût pas assez. Vous la connaissez ?

— Je l'ai vue.

— Alors vous pouvez comprendre ma veine. Elle,

si belle, si douce, avec un type comme moi, moche, pauvre, sans situation et gitan par-dessus le marché... C'était fabuleux. Pendant quelques mois, j'ai cru que je gagnais le loto tous les jours. Un vrai bonheur.

— Et comment expliquez-vous ça ?

— Je n'explique pas. C'est comme certaines biches qui frayent avec des sangliers. Ça fait partie des curiosités de la nature.

— Pourquoi ce rêve s'est-il terminé ?

Le gitan interrompit ses confidences. Ce commissaire de police tentait de l'embrouiller...

— Je suis obligé de répondre ?

— Je suppose, rétorqua Mercier, qui durcit le ton. J'ai une commission rogatoire du juge, mais si tu veux que l'on supprime la conditionnelle, libre à toi. Pourquoi t'a-t-elle quitté ? Ou pour qui ?

— Ce ne sont pas les propositions qui lui manquaient...

— Qui ?

— Il y a d'abord ce réparateur de violons, un certain Jean. Ils font de la musique ensemble dans l'église Saint-Louis-en-l'Île. Il joue de l'orgue. Celui-là, c'est un vrai faux cul, il a tapé dans l'œil de la vieille, bon chic, bon genre, bien élevé. Julie en voulait bien comme copain, mais pour le reste... Le sentiment, vous savez, commissaire, ça ne se commande pas, ça vient naturellement et ça ne s'explique pas.

Mercier observait le prisonnier. Tendu, prêt à mordre, pris dans ses contradictions. S'il n'avait tenu qu'à lui, il n'aurait pas dit un mot. Mais il était contraint de répondre aux questions du commissaire.

— Et puis qui d'autre ?

— Vous devez bien le savoir.

— Dis encore.
— Vous êtes allé rue Poulletier...
— Continue.
— Le curé, il vivait au rez-de-chaussée, et Julie au second.
— Oui, dans la petite chambre sous le toit, et alors ?
— Alors, entre ces deux étages, il y a le premier. Et qu'est-ce qu'il y a au premier étage ? La salle de bains ! Vous l'avez vue, cette salle de bains.
— Je t'écoute.
— Somptueuse, en marbre rose, avec des glaces sur tous les murs. Des mosaïques colorées, des couleurs inimaginables, du parme, de l'ocre. Des savons parfumés, de la lumière partout. Ça ne vous a pas intrigué, le luxe de cette salle de bains, dans cette maison mocharde ? Vous ne pensez quand même pas que c'était pour l'abbé ! Plus rien ne vous étonne, vous alors, dans la police !
— C'était pour Julie ?
— Vous avez deviné.
— C'était plutôt gentil.
— Voilà, « gentil », vous avez trouvé le mot exact. Vous commencez à comprendre... Le curé, il était très gentil avec Julie, et peut-être même un peu trop gentil à son goût.
— C'est elle qui vous a raconté tout ça ?
— La salle de bains, je l'ai vue de mes propres yeux, j'y ai même pris quelques douches. Pour le reste, c'est Julie qui me l'a dit.
— Elle acceptait ?
— Pas très bien, mais elle avait une grande admiration pour le curé, un homme d'église qui parlait si bien, qui l'avait recueillie, qui savait tant de choses,

et qui aimait tellement sa musique... Et puis, il avait du pouvoir sur elle.

— Comment ça ?

— Julie, sa priorité, c'est son violon et la musique, surtout depuis qu'elle a changé d'instrument. Elle aurait mieux fait de garder l'autre...

— Explique-toi, je ne comprends pas.

— Julie avait le violon que lui avait donné son père, un violon très ordinaire. Et puis un jour, sans crier gare, à la mi-juin de l'an passé, elle est arrivée dans l'église avec un nouveau violon, et c'est là que tout a commencé à mal aller. Pour moi d'abord, car, après une lune de miel éphémère, elle passait toutes ses nuit à jouer... Et puis, avec sa musique, elle a envoûté l'abbé.

— Julie jouait du violon la nuit, dans l'église ?

— Oui, tout le monde vous le confirmera. Ce nouveau violon a une sonorité exceptionnelle. Une église, c'est l'endroit idéal pour jouer de ce genre d'instrument. Souvent, elle ne rentrait qu'à l'aube, ivre de musique. Elle était comme hallucinée, elle avait les yeux hagards... C'était devenu plus fort que la religion, pire qu'une drogue. En fait, monsieur le commissaire, pour résumer la situation, j'étais fait cocu par un violon. Je n'étais plus qu'un détail dans sa vie. Pour passer ses nuits à l'église, elle aurait tout accepté.

— Qu'acceptait-elle, exactement ?

— Que le curé la regarde un peu le soir dans la salle de bains, par exemple...

— Rien de plus ?

— Non. Il ne l'a jamais touchée.

— Tu en es sûr ?

— Je suis bien placé pour savoir que Julie était

vierge, avant de me rencontrer. Vous n'aurez qu'à demander à la vieille.

— Parce que Mme Malgoire était au courant de ce genre de choses ?

— Oui, bien sûr, c'était la confidente de Julie. Elles parlaient des heures ensemble.

— Et Mme Malgoire laissait faire ?

— Le curé, il savait s'y prendre avec la chouette. En juillet l'année dernière, elle a dû s'absenter pour enterrer son père en province. Avant son départ, l'abbé lui a demandé l'autorisation de faire quelques travaux dans la salle de bains. Elle a accepté sans méfiance. Quand elle est revenue dix jours plus tard, la pièce était complètement refaite. Elle a hurlé, mais ce qui était fait était fait.

— Qu'est-ce qui était fait ?

— C'est plutôt ce qui n'était pas fait, qui l'a mise en colère.

— Quoi donc ?

— La nouvelle salle de bains... Elle n'avait plus de porte. Le curé était devenu fou de Julie, il ne pouvait plus s'en passer, il fallait qu'il la voie, il fallait qu'il l'écoute...

— Comment ça, l'écouter ?

— Lorsque Julie jouait la nuit à l'église, le curé la rejoignait et l'écoutait pendant des heures. Il disait qu'il priait. Envoûté, je vous dis.

— Et après ?

— Le dimanche suivant, il faisait un prêche extraordinaire. Les gens venaient de loin pour l'entendre et lui, il disait à Julie que c'était à cause d'elle, que grâce à elle, il trouvait les mots justes, les intonations qui frappent... Après l'avoir écoutée toutes les nuits plusieurs mois, il lui en a fallu davantage, et il a voulu la voir. D'où la salle de bains du premier étage. Voilà, vous savez tout maintenant.

— Elle aurait pu refuser.

— Oui, mais elle craignait qu'on lui ferme l'église. Elle avait choisi. C'était donnant, donnant. Vous comprenez pourquoi Julie et moi, ça n'a jamais été une grande histoire... On ne pouvait se voir que l'après-midi, et encore, jamais très longtemps. Est-ce que vous l'avez entendu ce violon, commissaire ?

— Oui.

— Alors, vous pouvez comprendre... Moi je suis un petit gratteur de guitare, j'aime bien la mélodie, mais la musique pour Julie, c'est vraiment une raison de vivre...

— Et Mme Malgoire ?

— La vieille, elle adorait sa petite Julie. Elle lui avait dit qu'elle en ferait son héritière. Elle est très riche, elle possède plusieurs immeubles dans le quartier.

— Mais comment Julie avait-elle obtenu ce violon ? Ça doit coûter cher, un instrument pareil...

Le gitan baissa la tête, craignant déjà d'en avoir trop dit.

— Vous n'aurez qu'à le lui demander.

— Je n'y manquerai pas. Où étais-tu dimanche dernier dans la matinée ?

La question était si inattendue, si brutale, que le gitan eut un sursaut. À nouveau, un éclair de frayeur se fit dans ses yeux. Mercier avait depuis quelques instants le sentiment désagréable que le gitan lui mentait effrontément. Il parlait trop facilement pour ne pas cacher quelque chose.

— Alors ? J'attends ta réponse !

— J'étais chez ma mère, comme chaque dimanche, à Pantin, dans sa roulotte. Vous pourrez vérifier.

Mercier mit fin à l'entretien, convaincu qu'il ne tirerait rien de plus du gitan aujourd'hui. L'affaire se compliquait mais à présent, il y avait une histoire, une ambiance, des protagonistes, et un assassin. Si le crime d'un petit voleur de passage restait envisageable, d'autres hypothèses apparaissaient, et la figure de l'abbé Poitevin, si distingué, si brillant, se chargeait désormais de zones d'ombre. Mme Malgoire aurait pu vouloir protéger Julie, qui aurait pu être lasse de ce curé un peu trop voyeur... Il y avait également Jean, et le gitan qui ne devait pas porter l'abbé dans son cœur. Mais de là à commettre un crime....

Un surveillant conduisit le commissaire au quartier des femmes. Les murs et les portes sinistres des cellules retentissaient des mêmes insultes répétées inlassablement, d'une voix monocorde, afin de montrer au flic qu'il avait été repéré.

Gisèle était en cellule individuelle depuis quelques jours. Elle avait le teint pâle, mais avait gardé, malgré ces trois années de prison, son visage poupon, les traits fins illuminés par des yeux d'un très beau bleu. Elle avait également gardé ses rondeurs. Elle salua Mercier d'un grand sourire, s'empêchant de lui sauter au cou. Le commissaire congédia le gardien.

— Bonjour, commissaire, c'est gentil d'être venu me voir ! Vous savez que je sors demain ?

— Oui. C'est d'ailleurs de cela que je veux te parler.

— Je vous écoute.

— Qu'est-ce que tu comptes faire ?

— D'abord, il faut que je récupère mon fric. Vous savez, nous, on ne met pas notre argent à la banque...

— Il est où, ton argent ?

— Chez une copine...

— Et il y en a pour beaucoup ?

— Une boîte à sucre pleine de billets.

— Où vas-tu vivre ?

— Ça, c'est le problème. Si je retourne dans la rue, vous me ramasserez avec deux balles dans la peau en moins d'une semaine. Mais si je ne travaille pas... La rue, c'est mon gagne-pain, mon bureau, mon fonds de commerce.

— Tu ne veux pas changer de vie ?

— C'est trop tard, en dehors de l'amour, je ne sais rien faire. J'avais une belle clientèle, et je suis sûre que je peux encore plaire. Je vais essayer de négocier avec le milieu, et peut-être même avec Dédé.

— Négocier ? Négocier quoi ?

Une hésitation passa dans le regard de la jeune femme. Pouvait-elle se confier au commissaire ?

— Tout simplement, échanger ma vie contre une grosse somme d'argent. Le fric, je l'ai déjà. Après, je retourne au turbin. Le plus dur, ce sera pour les premiers jours. Il va falloir que je me cache. Ils vont me chercher partout.

— Tu veux que je vienne te chercher ?

— C'est gentil, mais j'ai déjà tout arrangé avec le directeur de la prison. Je sortirai en voiture banalisée. Ils vérifieront que personne ne me suit avant de m'abandonner à mon triste sort.

— Où vas-tu aller ?

— J'ai tout prévu. Les premiers jours, je me cacherai dans un grand hôtel. Ce qui serait bien, c'est que vous me réserviez une chambre, au Sofitel Saint-Jacques par exemple, c'est à deux pas d'ici. Ça va me coûter un maximum, mais je n'ai pas le choix. Dans les petits hôtels de passe, je risque de me faire repérer.

— Tu as peur ? interrogea le commissaire.

— Oui. Je n'ai pas peur de mourir, ce dont j'ai peur c'est de souffrir. Dédé m'a fait passer un message.

Mercier était interloqué. Elle sortit de son corsage une petite feuille de papier froissée, où on pouvait lire : « Salope de balance, tu ne perds rien pour attendre. Je serai dehors avant toi. »

Une larme perlait au coin de ses yeux.

— Vous pouvez le garder, dit-elle au commissaire qui lui rendait le billet.

5

Le suspect de Pignol

En sortant de la Santé, Mercier leva la tête vers le quatrième étage et le quartier de haute sécurité où devait se trouver Dédé. Il était déjà midi, l'air était devenu moite et étouffant. On souhaitait l'orage. Les cellules étroites des détenus devaient ressembler à des étuves. Cette affaire d'abbé intriguait Mercier de plus en plus, mais le commissaire ne souhaitait pas oublier ses obligations vis-à-vis de Gisèle, désormais implicitement sous sa protection. Là était la priorité. Pignol pourrait bien continuer à enquêter dans l'île Saint-Louis encore quelques jours, le temps d'assurer la sécurité définitive de Gisèle. La solution qu'elle proposait – acheter sa tranquillité – était probablement la meilleure. Dédé était en cabane pour quinze ans encore, et aurait besoin d'argent pour payer ses avocats et améliorer son ordinaire. Gisèle possédait des économies. C'était la loi du milieu et nul n'y pourrait rien changer. Il fallait juste cacher la jeune femme quelques jours, peut-être une semaine, pour amorcer la transaction. Guillaume serait sans doute l'intermédiaire de Dédé, et Gisèle pourrait utiliser une amie. Une prostituée comme elle ferait l'affaire et aurait la confiance de Guillaume pour les négociations. Le billet remis à la jeune femme n'était peut-être qu'une menace pour engager la discussion avec un rapport de force favorable.

Dès son arrivée au Quai des Orfèvres, Mercier convoqua son équipe. Guillaume allait vraisemblablement jouer un rôle d'intermédiaire pour aider Dédé ; il ne fallait le lâcher sous aucun prétexte.

— Celui-là, vous ne me le quittez plus d'une semelle. Il est déjà sur écoutes téléphoniques.

— Mais il va nous repérer rapidement !

— Ce n'est pas très grave. L'important, c'est de lui foutre la trouille pour qu'il se tienne tranquille.

— Il va s'empresser de transmettre l'information à Dédé...

— Justement. Plus nous mettrons de pression, moins ils seront exigeants avec Gisèle, et plus ils seront pressés de conclure rapidement.

— Vous pensez qu'ils ont renoncé à la tuer ?

— En ce moment, enfermé dans sa cellule, Dédé veut sûrement la peau de Gisèle, mais d'ici quelques jours, le milieu lui fera comprendre où est son intérêt. Une grosse somme en liquide est toujours un excellent onguent pour une plaie d'honneur.

— A-t-elle une planque ?

— Oui. Dès sa sortie de prison, elle va se cacher au Sofitel Saint-Jacques, d'où elle ne sortira que pour le strict nécessaire.

— Faut-il la suivre ?

— Non. S'ils ont décidé de la tuer, on ne pourra pas les en empêcher. Il vaut mieux la laisser faire. C'est sur Guillaume qu'il faut agir : c'est le maillon faible de Dédé.

— Dédé doit bien le savoir.

— Oui, mais là où il est, il ne peut guère faire le difficile avec ses amis...

La préparation du plan d'action dura jusqu'à 14 heures. Mercier fit commander des sandwichs et des boissons pour toute son équipe. L'atmosphère était étouffante, chacun suait à grosses gouttes. Ce n'est que vers 15 heures qu'il put enfin regagner son bureau. Son camélia, sur le rebord de la fenêtre, faisait triste mine, accablé de chaleur. Mercier téléphona au Sofitel Saint-Jacques et réserva une chambre pour une certaine Mme Gisèle, qui arriverait le lendemain matin.

Dans la soirée, le divisionnaire convoqua Mercier. Pignol venait de rentrer à la brigade, il avait un suspect pour l'affaire de Saint-Louis-en-l'Île et voulait le placer en garde à vue sans attendre. L'orage n'avait pas encore éclaté, mais de gros nuages noirs commençaient à s'accumuler. Le commissaire était fatigué. La veille au soir, il n'avait pour ainsi dire pas dormi. Gisèle sortait de prison le lendemain, ce qui mobilisait toute son attention. Ce n'était pas le moment que Pignol lui complique la vie... Il le trouva dans le bureau du divisionnaire, rayonnant.

— Allez, Pignol, raconte le résultat de tes investigations à Mercier, je suis sûr que tu vas l'intéresser, lança le divisionnaire en bras de chemise, la cravate dénouée.

Pignol paraissait fier. Il avait dû faire une trouvaille. Ce n'était pas tant cette découverte que Mercier redoutait, que l'interprétation hasardeuse qu'il en ferait. Il ne fut pas déçu.

— Voilà : dans notre enquête de voisinage, plusieurs personnes nous ont dit que, la nuit venue, Julie allait régulièrement jouer du violon dans l'église. Il y a une petite porte qui donne dans la rue Poulletier, juste en face de la maison de l'abbé, et qui communique directement avec la nef. Julie semblait avoir la clef. Ces mêmes personnes ont également remarqué que l'abbé Poitevin entrait nuitamment par cette porte dérobée.

— Pour un curé, aller prier dans une église, c'est naturel !

Mercier, énervé, avait décidé de contrer Pignol quoi qu'il dise.

— Vous avez raison, commissaire, répondit le commandant, jubilant. Mais un curé qui prie dans son église toute la journée peut se reposer et dormir la nuit sans courroucer le bon Dieu. Reconnaissez au moins que le curé et la jeune fille passaient ainsi la plupart de leurs nuits ensemble...

— Tu y vas un peu fort ! Julie faisait du violon au niveau de l'orgue, et l'abbé Poitevin priait dans la nef, trois mètres plus bas. Avec un peu de chance, ils ne se voyaient même pas.

— Attendez, commissaire, ce n'est pas fini. D'autres personnes, qui habitent en face de la maison de l'abbé, dans la petite cour de la rue Poulletier, ont signalé avoir vu des choses le soir...

— Raconte, mais en matière de ragots ecclésiastiques, je redoute le pire.

— On a vu de la lumière, la nuit, dans la maison de l'abbé, au premier étage.

— Et alors ?

— Alors, au premier étage, il y a une salle de bains. Mais pas une salle de bains ordinaire. Un petit bijou de marbre rose et de faïence, couvert de miroirs. Et pourvu de deux fenêtres, l'une en verre dépoli, et l'autre, dans un petit couloir, en verre normal : on voit parfaitement au travers.

— Et alors ?

— Alors, on a vu très distinctement l'abbé, la nuit, dans ce petit couloir, alors que Julie était dans la salle de bains. J'ai deux témoignages dignes de foi signés ! Qu'est-ce que vous dites de ça ?

— Que monsieur l'abbé, ce saint homme, était un peu voyeur. On ne tue pas pour si peu.

— Pas sûr. La petite Julie est fragile, elle a pu en avoir assez, d'autant qu'elle avait un petit ami, le gitan que vous êtes allé voir ce matin à la Santé. Au fait, que vous a-t-il raconté ?

— Il m'a raconté une très belle histoire de salle de bains... sans porte.

Pignol eut un rictus de dépit, et le divisionnaire, un sourire goguenard. Ainsi, le commandant n'avait pas fait de réelle découverte ! Lui qui voulait épater le divisionnaire... Ce dernier prit la parole pour éviter que la conversation ne s'envenime.

— Quelles sont les autres conclusions de l'enquête, mon petit Pignol ?

— Dans un premier temps, je suis retourné rue Poulletier fouiller la chambre de cette Julie.

— Et qu'as-tu trouvé ?

— La chambre est assez spartiate : un petit lit en fer, une armoire, une table avec des centaines de partitions, et un violon. Un très vieux violon. L'étui comporte un fond en bois avec une inscription.

— Quelle inscription ?

— Du latin, je l'ai noté sur mon carnet.

Et joignant le geste à la parole, il sortit un petit calepin et se mit à lire consciencieusement.

— Il y a écrit, dit-il en hésitant, « *Cremonensis faciebat anno* », et en dessous, il y a un chiffre.

— Sans doute une date.

— Peut-être, je ne me souviens plus, je n'ai pas noté. Vous savez, moi, le latin... Et puis, la petite doit tenir un journal intime.

— Qu'est-ce qui te fait croire ça ?

— Parce que, sur la table, j'ai trouvé une bouteille d'encre et des plumes comme en avaient nos grands-parents. Surtout, c'est la couleur de l'encre qui m'a intrigué. Violette. Elle est violette, l'encre de Julie, et ce n'est sûrement pas pour écrire à l'administration. Elle doit avoir un journal intime, mais je ne l'ai pas trouvé.

Cette histoire de journal intime fit sourire le commissaire, ce qui contraria Pignol.

— Après cette petite visite, j'ai interrogé Mme Malgoire. Je suis persuadé que Julie et elle savent quelque chose de grave et qu'elles ne veulent rien dire.

Mercier se souvint qu'il avait eu le même sentiment la veille à l'église, lors de l'enterrement.

— Une intime conviction... Mais encore ? interrogea le divisionnaire.

— Alors là, vous y allez un peu fort ! Quand c'est Mercier qui vous dit qu'il a une intuition aussi forte qu'une conviction, vous le croyez, mais moi... C'est quand même un comble !

— Mais ne te fâche pas, Pignol, on essaye de comprendre.

— De toutes les façons, c'est tout compris puisque la petite Julie a craqué, et qu'elle a avoué cette histoire de salle de bains.

— Ça te fait une belle jambe ! Cette misérable mésaventure de salle de bains n'a peut-être aucun rapport avec le crime qui nous intéresse.

— Ça nous fait déjà un suspect. Je suis sûr que la

petite et la vieille nous cachent toutes les deux un gros secret. On ne m'en fera pas démordre.

Le divisionnaire sentait que la conversation pouvait tourner d'un moment à l'autre à l'affrontement entre le commandant et le commissaire. Il décida d'intervenir.

— Qu'est-ce que tu veux, Pignol ?

— En garde à vue, Julie crachera le morceau. C'est la seule façon d'avancer. Mettre un grand coup de pied dans la fourmilière.

Le divisionnaire se tourna vers Mercier.

— Qu'en pensez-vous ?

— Si la petite est coupable, très bien, et bravo. Mais si elle est innocente, et de plus victime de ce curé, ce qui va peut-être la fâcher avec la religion, elle va être traumatisée avec cette garde à vue, et ce n'est pas la vision que je souhaite donner de notre métier. Pignol n'apporte aucun élément directement lié au meurtre de l'abbé. Cette histoire de salle de bains n'a, à mon avis, rien à voir avec ce meurtre. Le niveau de preuve est insuffisant, et le mobile, insignifiant. Le gitan, qui était au courant, ne semblait même pas jaloux. L'abbé Poitevin n'entrait jamais dans la salle de bains et n'a, semble-t-il, jamais touché Julie. Avec un tel raisonnement, Pignol, on pourrait mettre en garde à vue la moitié des habitants de l'île Saint-Louis : pourquoi pas cette Mme Malgoire, pourquoi pas le gitan que j'ai vu ce matin, repris de justice, ou même ce Jean, qui joue de l'orgue dans l'église, et qui est, paraît-il, amoureux fou de Julie ?

Pignol écarquilla les yeux, interloqué.

— Celui-là, il est plutôt bien élevé.

— Des criminels bien élevés, il y en a plein les archives.

— Moi, répliqua Pignol, je crois que tout tourne autour de cet abbé. C'est la pièce centrale de l'affaire : l'église, la rue Poulletier et les gens qui y habitent, en particulier Julie. Tout se tient dans cette enquête.

— Non, Pignol, le centre de cette affaire, ce n'est pas l'abbé. Tu veux mon avis sur cette question ?

Mercier avait marqué un temps d'arrêt et s'était calé dans son fauteuil. Il ne souhaitait pas que Julie soit mise en garde à vue le lendemain, alors qu'il avait tant de soucis avec Gisèle. Il se sentait déjà vaguement coupable vis-à-vis de la jeune fille qui avait dû subir l'interrogatoire musclé du commandant Pignol. Mercier voulait obtenir un répit. Le divisionnaire rompit le silence.

— On vous écoute, Mercier.

— Le centre de cette affaire, c'est la musique et un violon. Mais bien sûr, ce sont des notions abstraites, que l'on n'apprend pas à l'école de police, mon petit Pignol. Alors, ta fourmilière...

— Des mots, répliqua Pignol.

— Tu ne sais pas de quoi je parle. Je parie que ce violon, tu ne l'as même jamais entendu.

— Moi, je ne suis pas mélomane... Et d'ailleurs, vous non plus, vous ne l'avez pas entendu.

— Détrompe-toi. Hier après-midi, il y avait un enterrement à l'église Saint-Louis-en-l'Île. Julie y était avec son violon.

— Et vous étiez là ?

— Oui.

Le divisionnaire décida de clore la discussion.

— Bon, on attend encore un peu avant de prendre la décision définitive d'une garde à vue pour Julie, mais on n'écarte pas non plus cette éventualité, ou il faudra classer l'enquête sans suite. Toi, Pignol, tu renforces ton hypothèse, et tu nous rapportes quelques témoignages supplémentaires. Vous, Mercier, vous nous trouvez un autre coupable, si celui de Pignol ne vous convient pas.

Mercier avait obtenu un jour ou deux de répit. Gisèle serait sortie de prison. Il avait eu chaud, et l'été n'y était pour rien.

6

L'évasion de Dédé

Cette nuit-là, un étrange personnage couleur muraille descendait le boulevard Arago. Il marchait, l'échine courbée sous un lourd sac à dos. Il était 3 heures du matin. L'orage que tout le monde attendait n'était plus très loin. Des éclairs zébraient la nuit par intermittence. Les éclats de la foudre et le bruit du tonnerre allaient se rapprochant, avec un vacarme sinistre et inquiétant. Le boulevard était presque désert. Ce noctambule venait de Denfert-Rochereau. Déterminé, il marchait rapidement et sans bruit, silhouette solitaire parmi les ombres.

Après avoir traversé la petite rue Messier, perpendiculaire au boulevard, il arriva à un haut mur de pierre. La masse imposante, grise et lugubre, de la prison qui longe le boulevard Arago, est ici bordée par deux rangées d'énormes marronniers. Ces arbres centenaires culminent beaucoup plus haut que le mur d'enceinte et forment, dans la journée, un écran de verdure qui empêche de voir, depuis le boulevard, le dernier étage de la maison d'arrêt. Les réverbères jetaient les ombres des marronniers sur ce véritable rempart. L'homme, sans hésiter, s'arrêta brusquement et attendit que les rares voitures stoppées au feu s'éloignent. Il chercha des yeux un éventuel véhicule de police. Il savait que des rondes étaient effectuées la nuit, autour de la Santé. C'est à cet instant que l'orage éclata dans un bruit assourdissant. Un éclair très puissant illumina un instant le boulevard, presque immédiatement suivi d'un claquement, comme une explosion, puis d'un écho sinistre. Guillaume sursauta. La foudre n'était pas tombée loin. De grosses gouttes inondèrent rapidement la chaussée. Guillaume se plaça entre un marronnier et le mur. Il était ainsi invisible depuis la rue. Il s'accroupit et sortit du sac des chaussures aux pointes horizontales. En un instant, muni de cet attirail et à l'aide d'une grosse ceinture de cuir, il grimpa dans l'arbre et disparut sous le feuillage touffu avec l'agilité d'un trapéziste de cirque. Il s'entraînait quotidiennement depuis plus d'une semaine, même si ce jour-là, il s'en était abstenu, ayant remarqué qu'il était suivi. Quelques secondes plus tard, il était hors de vue des voitures qui passaient sur le boulevard.

Guillaume était sorti de chez lui vers 22 heures, son sac à dos à la main. Il avait passé la soirée seul, à vérifier le contenu du sac et à faire et refaire les gestes qu'il avait imaginés pour cette évasion discrète de Dédé. Il avait eu toutes les peines du monde à semer l'homme qui l'attendait devant son logement. Puis il avait pris le métro et vérifié, après plusieurs changements de rames et de lignes, qu'il n'était plus suivi. Finalement, il s'était réfugié dans une brasserie de Denfert-Rochereau, où il avait dîné et distrait son attente en lisant les journaux. Durant cette soirée, il avait ruminé chaque geste, imaginé toutes les difficultés, et était resté confiant. Il retrouvait les sensations des heures précédant les compétitions de haut niveau. On est entouré par une foule agitée de spectateurs, fatigué par les conseils mille fois répétés des entraîneurs, et on essaye péniblement de faire le vide dans son esprit. C'est cette capacité à se refermer sur soi qui est le meilleur gage de réussite : la compétition intervient alors comme une délivrance.

Guillaume avait rajeuni de dix ans. Ce soir-là, il avait une revanche à prendre sur la vie. L'existence lui avait volé sa dignité et sa fierté, et il allait se venger en accomplissant un exploit hors du commun, qui resterait dans les annales. Ainsi, il rattraperait le temps perdu, et se prouverait qu'il était autre chose qu'un petit raté. Au dessert, son téléphone portable sonna. Il le sortit de sa poche, mais renonça à répondre. Il savait que la police le suivait. Un commissaire était venu le voir la veille, dans le cabaret où il se produisait. La filature qu'il avait réussi à interrompre le soir même l'avait inquiété, au point qu'il avait hésité à reporter l'évasion. Mais on ne pouvait plus joindre Dédé depuis son transfert dans le quartier de haute sécurité. Les dés étaient jetés. Guillaume avait donné sa parole, et ne pouvait plus reculer.

Il ne comprenait pas ce brusque intérêt de la police à son égard. Il n'avait commis aucun délit récemment, et n'imaginait pas que Dédé, par pure fanfaronnade, ait pu se vanter d'une prochaine évasion. L'entreprise qu'il avait imaginée et décidée ne pouvait pas échouer : elle avait été minutieusement préparée. Toutefois, avant de quitter la brasserie, Guillaume commanda un cognac qu'il avala d'un trait pour se donner du courage. Il paya rapidement et sortit, son gros sac à la main.

Des pigeons, dérangés par cet alpiniste d'un genre nouveau, s'envolèrent bruyamment. Ils passèrent devant la faible lueur d'un croissant de lune qui apparaissait entre deux nuages. Guillaume vit là le présage d'une nouvelle liberté pour son ami. Il avait beaucoup d'admiration pour Dédé, ce braqueur au revolver jamais chargé, ce défenseur inconditionnel de la cause basque, un artiste atypique dans le monde dévoyé du grand banditisme. L'orage faisait un bruit assourdissant où se confondaient le tonnerre et la pluie. Les grosses gouttes rebondissaient sur la chaussée, transformées par la lueur des réverbères en minuscules éclats de lumière. À cet instant, Guillaume craignait surtout la foudre, le bras armé de Dieu qui pouvait interrompre prématurément son aventure périlleuse. Il monta sur une énorme branche, à la hauteur du sommet du mur d'enceinte de la prison, et gagna l'une de ses ramures. Ainsi, il pouvait voir les fenêtres du pénitencier, à peine à une douzaine de mètres de lui. Devant les carreaux des fenêtres, qui s'ouvraient de l'intérieur, se trouvait une rangée de gros barreaux, et à l'extérieur de ceux-ci, un grillage, pour empêcher toute intrusion. Guillaume accrocha son sac à une branche. Il commença lentement et précautionneusement à déballer son matériel, tout en regardant attentivement les fenêtres du dernier étage. Dédé était derrière l'une d'elles, mais laquelle ? Guillaume attendait un signal. Il monta les différents éléments de son arbalète avec les gestes méthodiques et précis d'un professionnel. Il avait pris un modèle puissant, un peu plus gros que celui qu'il utilisait chaque soir sur scène. Il sortit une grosse corde de montagne, une cordelette et un petit sac. Enfin, il prit délicatement une bobine de fil très fin mais résistant, dont il attacha l'extrémité à la flèche. Il savait ce que le poids du fil allait lui faire perdre en termes de précision, et avait réglé la hausse de l'arbalète en conséquence. La principale inconnue, c'était la force qu'il devrait donner à la flèche pour atteindre son but. Une force légère ferait moins de bruit en entrant dans la cellule de Dédé, mais la flèche risquait aussi de ricocher sur un barreau et de se perdre dans l'enceinte de la prison, ce qui donnerait l'alerte. Une force plus grande permettrait de traverser aisément le grillage situé à l'extérieur de la fenêtre, mais ferait du bruit en se fichant dans le mur de la cellule. Guillaume n'était sûr que d'une chose : il ne pouvait manquer sa cible. Presque un jeu d'enfant. Presque trop facile.

À trois heures et demie, aucun signal ne s'était manifesté. Guillaume se sentait pourtant l'âme d'un héros. Minable, moins que rien, il renaissait avec cette aventure qui ferait certainement la une des journaux. Il avait eu l'idée de l'évasion, l'avait planifiée dans les moindres détails, avant de la proposer à son ami. Un intermédiaire basque qui rendait visite à Dédé en prison s'était chargé de la transaction : une grosse somme avait été promise, qui permettrait peut-être à Guillaume un nouveau départ dans la vie. Une seconde chance, en quelque sorte. Toutefois, il avait peur de ce commissaire aperçu lors du spectacle de la veille. Il avait bien remarqué cette tête de flic qui le faisait suivre. Un frisson lui parcourut le bas du dos. Il restait un objet dans le sac, entouré d'un chiffon. Un reflet métallique brilla dans la nuit : c'était un revolver de gros calibre. Dédé avait exigé que Guillaume l'apporte avec lui. Un éclair déchira la nuit et Guillaume eut une pensée pour sa mère, qui lui avait si souvent répété d'éviter les arbres en cas d'orage.

Dans sa cellule, Dédé feignait de dormir en attendant la ronde du surveillant. Dans le quartier de haute sécurité, les prisonniers sont ainsi observés *de visu* tous les trois quarts d'heure. Pour réussir le plan de Guillaume, il fallait se trouver en bordure du mur d'enceinte, et le plus haut possible. Il avait donc été nécessaire de se faire remarquer pour être placé au quartier de haute sécurité. Il lui aurait été facile d'utiliser d'autres moyens, comme une bagarre entre détenus, mais Dédé avait mis un point d'honneur à évoquer cette évasion pour bien montrer qu'il était le plus fort. Défier les institutions était son plus grand plaisir. Du reste, dans le milieu des détenus, ces bravades sont considérées comme un exploit et imposent le respect. Il savait bien qu'il serait repris tôt ou tard, peut-être même tué dans une cavale un peu folle. Mais il fallait qu'il se venge de Gisèle qui l'avait donné à la brigade criminelle. Le milieu le planquerait au moins quelques jours, le temps qu'il règle ses comptes. Pour la suite, il s'en remettait à son étoile.

Un bruit sec et métallique à la porte de la cellule le fit frissonner. L'œilleton de surveillance s'ouvrait et se refermait. Dédé imaginait le gardien en uniforme derrière la porte. Il avait désormais trois quarts d'heure pour s'évader. C'était à lui de jouer. On lui avait vidé les poches, et confisqué son briquet. Il avait toutefois pu sauver quelques allumettes, de véritables trésors en l'occurrence. Depuis plusieurs jours, Dédé avait pris soin de déliter le côté grattoir de plusieurs boîtes d'allumettes dans un peu d'eau. Il avait récupéré la pâte et en avait enduit la semelle de ses chaussures. Ainsi, il pouvait gratter ses allumettes en toute circonstance. Il était temps de donner un signal à Guillaume, qui devait attendre.

La pluie redoublait et des éclairs éclataient dans la nuit à intervalles réguliers. Le prisonnier ouvrit la fenêtre, gratta une allumette. Une petite flamme brilla dans la pénombre, vacilla et s'éteignit. Il recommença plusieurs fois la même opération. Au quatrième essai, un sifflement étouffé lui indiqua que le signal avait été vu. Par chance, car il n'avait que cinq allumettes ! Il était soulagé de savoir qu'il n'était plus seul. Guillaume était là, il avait maintenant repéré la fenêtre. Dédé se plaqua contre le mur extérieur de sa cellule et attendit. De lourdes perles de sueur lui brouillèrent la vue. Son cœur battait à tout rompre.

Guillaume chargea sa flèche, qu'il choisit assez lourde. Il soupesa plusieurs fois la pointe métallique effilée, puis épaula. La fenêtre lui paraissait immense. Un jeu d'enfant, oui. Il attendit un éclair pour décocher. La flèche partit avec un sifflement, frappa la fenêtre avec un bruit mat et se ficha dans le mur de la cellule. Le tonnerre avait couvert le son de l'impact. Dédé se saisit de la flèche, délia le fil et le tira précautionneusement. À l'autre bout, Guillaume fit un nœud avec une cordelette finement tressée. Il y attacha une lime à métaux et une petite pince afin que Dédé puisse, dans un premier temps, enlever la grille. Progressivement, les quinze mètres du cordeau furent absorbés. Dédé devait maintenant découper un morceau du grillage afin d'y faire un trou d'une taille suffisante pour faire passer des instruments plus importants, et scier le plus rapidement possible les barreaux de sa cellule. En moins d'un quart d'heure, le grillage était ouvert. Le prisonnier avait les mains en sang. Guillaume attacha la grosse corde de montagne à l'extrémité de la cordelette et fit ainsi passer un petit sac à dos contenant une scie électrique pour les métaux, une énorme tenaille, et une grosse paire de gants. Un quart d'heure fut à nouveau nécessaire pour venir à bout du restant du grillage et d'un barreau. Dédé attacha le cordage au barreau restant, et Guillaume fit de même à l'autre bout, l'entourant au tronc de l'arbre. Il fallait maintenant tendre le fil au maximum pour qu'il puisse soutenir sans ployer le poids d'un homme. Guillaume avait fait un nœud de chaise très large, il prit une barre d'acier et tourna l'ensemble plusieurs fois, jusqu'à ce qu'il entende le craquement sinistre du bois qui souffre. La corde était maintenant tendue comme celle d'un violon.

De l'autre côté, Dédé rangea soigneusement le matériel et endossa le sac dont il fixa solidement les attaches. En empoignant la flèche, il lui porta un baiser. Il mettait ainsi un point d'honneur à ne laisser aucune trace derrière lui. Il eut du mal à franchir la fenêtre, petite et haute. Dans moins de dix minutes, l'œilleton claquerait à nouveau... Il passa d'abord les pieds en croix sur la corde puis, grâce aux gants, avança progressivement dans le vide jusqu'au marronnier. La corde était presque horizontale.

Son premier geste fut de respirer une grande bouffée d'air pur. C'était divin. Au moment de franchir le mur de la prison, il eut un sentiment de jouissance. Un éclair illumina la scène et Dédé vit la tourelle toute proche, où devait se trouver un vigile.

Repris par la peur, le visage trempé tant par la pluie que par la sueur, il accéléra son mouvement pour rejoindre au plus vite le marronnier et son feuillage salvateur.

Dédé entendit avec bonheur la voix de Guillaume.

— Ça va ?

— Ça va.

Puis, tout s'enchaîna rapidement. À l'aide d'un système de rappel, Guillaume ramena la corde grâce à laquelle les deux hommes regagnèrent le sol. Ils s'évanouirent dans la nuit. Ils étaient déjà bien loin lorsque la sirène de la prison retentit. La pluie avait cessé et l'orage complice s'était éloigné.

Seules quelques feuilles et brindilles éparses au pied d'un marronnier du boulevard Arago témoignaient d'un exploit hors du commun.

7

Agitation Quai des Orfèvres

Mercier fut réveillé vers 6 heures du matin par un coup de téléphone. C'est Mme Mercier qui décrocha.

— C'est pour toi, dit-elle en lui passant le combiné.

— J'écoute ?

— Dédé vient de se faire la belle.

— Non !

— Si. Il s'est évadé de la Santé peu après 3 heures du matin.

— Comment ?

— On n'a pas encore les détails. Il est sorti par la fenêtre. On a retrouvé un barreau scié. Il n'y a eu aucune violence.

— Des traces dans la cellule ?

— Aucune. C'est un mystère. C'est arrivé au moment de l'orage, personne n'a rien vu ni rien entendu. Un gardien a donné l'alarme.

— Bravo, je vous félicite ! Et Guillaume, j'espère que vous ne l'avez pas perdu de vue ?

— Justement...

— Ne me dites pas qu'il vous a filé entre les doigts ?

— Eh bien si. Une véritable anguille. Il a pris le métro, on a perdu sa trace vers 22 heures.

— De quoi avait-il l'air ?

— C'est-à-dire ?

— Oui, répondit Mercier furieux, comment était-il habillé, avait-il une valise, un sac, je ne sais pas, moi !

— Il portait un gros sac à dos.

— Mais enfin, pourquoi ne m'a-t-on pas prévenu ?

— On n'a pas osé. Déjà que vous n'aviez pas dormi la nuit dernière...

— Vous êtes vraiment une bande de nains de jardin. Et aucun d'entre vous n'a envisagé d'aller faire un tour boulevard Arago, voir par hasard s'il ne s'y passait pas quelque chose ! Personne n'a eu l'idée de téléphoner à la prison de la Santé pour s'assurer *de visu* de la présence de Dédé... Qu'est-ce qu'on vous a appris à l'école ?

— Il était tard... On s'excuse... On y a pensé mais on a renoncé, il était bien tard pour réveiller le directeur de la Santé... On a eu peur qu'il se moque de nous... On n'y avait pas cru, nous, à cette histoire d'évasion. Vous arrivez ?

— Vous mériteriez que je vous laisse assumer seuls cette affaire. Envoyez-moi une voiture.

— Tout de suite, commissaire.

Mercier raccrocha. La journée commençait bien mal. Et Gisèle qui sortait dans une heure... Il s'habilla, oublia de se raser et fila au Quai des Orfèvres. Sa femme lui fit remarquer, tandis qu'il enfilait sa veste :

— Tu ne manges rien ?

Le ton de sa voix était plus une supplique qu'un reproche.

— Je n'ai pas faim.

C'est à Mercier que revint la lourde charge de prévenir le divisionnaire, qui arriva lui aussi au galop et lui passa un terrible savon. Dès huit heures trente, une cellule de crise était en place. Des photographies de Dédé avaient été envoyées à tous les commissariats de Paris et de la banlieue. Interpol était en alerte. Cette évasion devenait la priorité de la police parisienne. Le divisionnaire exigeait que l'on retrouve Dédé : il en tirerait bien des bénéfices au plan professionnel, comme au plan médiatique. À 9 heures, les journalistes grouillaient devant l'entrée de la brigade criminelle. Un détenu s'était envolé... Le mystère de la prison de la Santé... Un terroriste dangereux fiché au grand banditisme... Aucun indice ne permettait de comprendre le mécanisme de l'évasion... Dédé était le héros du jour. Une évasion du quartier de haute sécurité, de surcroît ! Les radios y allaient toutes d'un petit couplet grinçant sur l'état des prisons. Le ministère s'inquiétait de l'affaire, et le divisionnaire était déjà convoqué en haut lieu.

Mais personne n'avait mentionné le rôle éventuel de Guillaume, ce qui laissait à Mercier une petite chance. Le commissaire réunit ses hommes, furieux.

— Pour une fois qu'un détenu qui part en cavale nous prévient... Quand je pense que je suis allé moi-même hier mettre en garde le directeur de la prison !

— Quel est le plan maintenant ? osa l'un des enquêteurs.

— Notre seule chance, c'est que Guillaume relâche sa méfiance et qu'il décroche son portable. Et alors là, mes petits agneaux, si vous le loupez, je vous envoie à la circulation pour un siècle ! La consigne, c'est de ne parler de Guillaume à personne. Dédé est trop malin pour commettre une erreur. Guillaume est son talon d'Achille. Ce n'est pas un vrai truand et, fier de sa réussite de cette nuit, il peut très bien faire un faux pas. Dédé, lui, restera planqué dans son trou comme une taupe. C'est Guillaume qui sera chargé des négociations. Il devra nécessairement sortir.

— Mais... Vous nous parlez sans arrêt de ce Guillaume... Êtes-vous vraiment sûr qu'il a participé à l'évasion ?

— Rien n'est sûr. Mais je ne crois plus aux coïncidences. Dédé avait bien dit et écrit à Gisèle qu'il allait s'évader, n'est-ce pas ?

— Oui.

— C'est lui qui a prononcé le nom de Guillaume, sinon je n'aurais pas passé ma nuit dans les bars louches de Pigalle à boire des saloperies, et j'aurais dormi chez moi bien au chaud.

— Cela ne prouve rien...

— Vous y allez fort ! répondit Mercier en colère. Quelques heures avant l'évasion programmée de Dédé, vous voyez sortir Guillaume avec un énorme sac à dos sous le bras, il vous repère et vous claque entre les doigts et, un peu plus tard, Dédé s'évapore dans la nature ! Il n'y a pas de certitude, mais il y a au moins un doute !

— C'est quand même gonflé... Comment a-t-il pu faire ?

— J'ai ma petite idée.

— Hier soir, après que Guillaume nous a filé entre les pattes, on a essayé de l'appeler sur son portable.

— Il vous a répondu ?

— Non. Il est malin comme un singe et prudent comme un renard... nous n'avons eu que sa messagerie vocale.

— Il faut quelqu'un en permanence sur son téléphone. S'il s'en sert, nous n'aurons pas beaucoup de temps pour le localiser. Occupez-vous des papiers avec le juge. Et surtout, pas un mot de Guillaume à la presse.

— Et au divisionnaire ?

— Idem, répondit Mercier avec un petit sourire narquois.

Vers 11 heures, il vérifia que Gisèle était bien arrivée à son hôtel. Elle avait récupéré sa boîte à sucre. Du reste, on lui avait demandé de régler quatre jours d'avance. Elle savait déjà que Dédé s'était évadé. Mercier lui demanda d'être très vigilante et de ne prendre aucun risque.

— Tu ne sors sous aucun prétexte. J'ai mis une voiture banalisée en face de l'hôtel. Seule mon équipe le sait. Tu n'ouvres à personne en dehors du personnel, et tu prends tes repas dans la chambre.

— Je n'ai plus qu'à devenir nonne !

— N'exagère pas, c'est l'affaire de quelques jours ! Dédé, je vais le remettre au trou vite fait. Ne t'inquiète pas.

— J'ai confiance en vous. Mais attention, commissaire, Dédé, c'est un malin.

— On le sait. Il a ridiculisé toute l'administration pénitentiaire.

— Et vous aussi... Je vous avais pourtant prévenu. Il a tout simplement exécuté ce qu'il avait écrit sur ce billet que je vous ai donné. Il avait dit qu'il serait dehors avant moi ! Il a tenu parole, voilà tout. Ah ! il vous a bien roulé dans la farine !

La matinée passa en une seconde. Les rapports arrivaient en rafale. Les fax crépitaient sans interruption. Le téléphone sonnait sans arrêt. Tout le petit monde de la brigade criminelle était en ébullition. De retour du ministère, le divisionnaire ne décolérait plus, hurlant et s'agitant en tous sens. Mais s'il invectivait chacun, il n'adressait pas la parole à Mercier, le tenant probablement pour responsable de cet échec cuisant. Entre la police et le fuyard, le jeu était pourtant inégal. Dédé serait ou mort ou à nouveau en cellule avant longtemps. Mercier regardait cette agitation fébrile en spectateur. Il avait besoin de calme et s'éclipsa.

Vers 13 heures, le commissaire alla déjeuner, seul, dans un bistrot du quartier. Brusquement il eut faim et voulut faire une pose. Les dés étaient jetés, la machine pour retrouver Dédé était lancée, il n'y avait plus qu'à attendre. Même Pignol avait délaissé l'affaire de l'île Saint-Louis pour se consacrer aux recherches. Mercier devinait comment le prisonnier s'était évadé, mais moins il en dirait à ce sujet, mieux fonctionnerait son plan vis-à-vis de Guillaume. Il fallait attendre qu'il ait l'imprudence de se montrer ou de téléphoner, ce qui permettrait de le localiser aussitôt. Le plus difficile, c'était la presse, qui se gaussait déjà de l'affaire. Encore les journalistes semblaient-ils ignorer que Dédé avait annoncé depuis plusieurs jours son exploit... Une telle information ferait les délices du Canard enchaîné ! En principe, nul ne savait qu'il avait été spécialement la veille à la Santé pour mettre en garde le directeur. Les relations politiques avec le ministère seraient également compliquées, mais cela, c'était l'affaire du divisionnaire...

Après le déjeuner, Mercier hésita à rentrer chez lui pour se raser. L'après-midi serait calme. Gisèle, enfermée au Sofitel, ne sortirait pas aujourd'hui et ne risquait donc rien. Dédé et Guillaume étaient eux aussi bien cachés, et ne se montreraient pas de sitôt. Toutefois, les alentours du Quai des Orfèvres allaient être infestés de journalistes à l'affût d'une information... Le commissaire préférait rester à l'écart. L'orage de la veille avait rafraîchi l'atmosphère et le temps était redevenu des plus agréables. Il décida de se promener dans Paris.

8

La pucelle et le mort oublié

Place Saint-Michel, un vendeur de journaux distribuait à grands cris la dernière édition de *France-Soir*. Ce fait divers était une aubaine, les passants se ruaient sur le journal pour connaître les derniers détails et contempler la photographie de Dédé qui s'étalait en première page. Cette publicité tapageuse éviterait au moins qu'il se montre, ce qui était excellent pour la sécurité de Gisèle. Mercier acheta le quotidien pour vérifier que l'on ne parlait pas de Guillaume, avant de le jeter dans la première poubelle venue.

Ce temps mort l'invitait à replonger dans l'enquête du meurtre de l'abbé. Le long des quais, mêlé au flot des touristes, le commissaire tentait de réunir les différents morceaux du puzzle. Certes, Pignol avait des arguments pour la garde à vue de Julie. C'était la dernière personne à avoir vu l'abbé Poitevin vivant. Elle avait un mobile, faible peut-être, mais réel, et surtout, comme Pignol l'affirmait, elle n'avait certainement pas dit toute la vérité. C'était d'évidence un témoin important. Et de témoin à suspect, il n'y a qu'un pas dans la police. Mais depuis qu'il l'avait entendue, un étrange sentiment s'était emparé de Mercier. Sa musique si claire, presque irréelle, revenait sans cesse à lui, effaçant un à un les arguments objectifs pour une garde à vue. Son image se superposait à cette sensation... Vingt ans plus tôt, il aurait parlé de coup de foudre. Aujourd'hui, c'était plutôt une intuition, qui lui dictait de protéger Julie. Elle était trop gracile et trop fragile pour résister aux interrogatoires de Pignol qui la mettrait en larmes dès la troisième question, avant d'entrer dans sa vie privée et de l'obliger à en révéler les détails les plus intimes. Le commandant adorait les histoires un peu scabreuses. Dans cette affaire, il pourrait donner libre cours à son talent d'investigateur, avec de surcroît la bénédiction du divisionnaire. Quel traumatisme irréversible pour un esprit délicat comme celui de Julie ! Tout en marchant, Mercier examinait deux hypothèses opposées. D'un côté, une Julie soumise, obéissant aux volontés de l'abbé, respectueuse de Mme Malgoire, et résignée. De l'autre, une Julie volontaire, déterminée à tout faire pour la musique, manipulant habilement l'abbé, le gitan et Mme Malgoire. Grâce à cette dernière et à l'héritage promis, la jeune fille n'avait pas à se préoccuper de l'avenir. Si elle avait vraiment voulu se séparer du curé, elle aurait pu demander à Mme Malgoire de déménager... Malgré ses airs de sainte-nitouche, c'est elle qui menait le bal. Elle décidait quand et où voir son amant. Elle avait envoûté l'abbé Poitevin, et obtenu l'entière confiance de Mme Malgoire. Julie était une princesse énigmatique qui régnait sur les vies de ses proches : celle de l'abbé, celle de la logeuse, celle du gitan. Qui d'autre ? Il manquait manifestement un élément. Il y avait bien sûr ce violon, personnage principal de cette fantasmagorie diabolique... Mais un morceau du puzzle n'était pas à sa place. Ce Jean, peut-être, le luthier de l'île Saint-Louis, organiste de la paroisse, qui semblait amoureux de Julie ? Mercier était pris dans un tourbillon. Il fallait faire avancer l'affaire, mais comment ? Mieux valait probablement suivre une certaine logique. Il avait la veille au soir évité une garde à vue à Julie, arguant que le centre de l'affaire était constitué par le violon. Pourquoi ne pas creuser cette piste ? Il se souvint que la jeune fille avait été renvoyée du conservatoire. Cela méritait une explication. Mercier avait un peu de temps devant lui ; il héla un taxi et se fit conduire à l'établissement.

Le directeur était en réunion. Mercier l'attendit une dizaine de minutes.

— Oui, monsieur le commissaire, nous avons dû nous séparer de Julie il y a quelques mois, à regret d'ailleurs, lui confia-t-il, une fois dans son bureau.

— Elle était mauvaise élève ?

— Non, c'était plutôt le contraire... Laissez-moi vous expliquer. Il y a deux ans environ, Julie s'était inscrite en auditrice libre. En effet, son cursus scolaire ne lui permettait pas d'intégrer un cours normal, mais quelques élèves particulièrement doués bénéficient de ce statut particulier.

— C'était le cas de Julie ?

— Oui, Julie était une très bonne élève. Elle a l'oreille absolue.

— L'oreille absolue ? Qu'est-ce que ça signifie ? demanda Mercier étonné.

— On est capable d'écrire la musique après l'avoir entendue, comme on écrirait une phrase prononcée. Julie avait ce don. Ceux qui ne l'ont pas sont obligés de travailler beaucoup, mais pour ceux qui l'ont, tout est plus facile. La musique était le milieu naturel de

Julie, son oxygène. Il y avait un réel besoin de jouer chez cette fille. Elle apprenait vite, naturellement, sans se forcer.

— Tout allait donc pour le mieux ! Ce genre d'élève doit être très recherché par une école comme la vôtre...

— Oui : nous sommes jugés sur nos résultats, la sélection de nos élèves est très rigoureuse. Nous n'admettons que des personnalités exceptionnelles.

— Julie était exceptionnelle ?

— Oui et non.

— Expliquez-vous.

— Elle était excellente, mais ce qui était surtout exceptionnel, c'était son nouveau violon. C'est avec cet instrument que tout a changé. Au début, elle jouait avec un violon de répétition qu'elle tenait de son père. Elle en tirait le maximum, et tout allait bien avec ses professeurs et ses camarades. Elle était très douce, docile, acceptant sans rechigner conseils et remontrances. Et puis un jour, il y a un an environ, elle est arrivée au conservatoire avec la « pucelle » sous le bras.

— La « pucelle » ?

— Oui, c'est le nom de son nouveau violon.

— Parce que les violons ont des noms ?

— Oui, les très grands violons sont répertoriés comme des œuvres d'art, et sont identifiés par des noms. Le violon de Julie est un stradivarius, monsieur le commissaire, d'ailleurs, c'est écrit sur le fond en bois qui est dans l'étui.

— En latin ?

Le directeur du conservatoire regarda Mercier avec condescendance.

— Oui, en latin. Au dix-huitième siècle, c'était la

langue internationale. Il y a écrit « *Cremonensis faciebat anno* 1709 ». Ce qui veut dire : fait à Crémone l'année 1709. Crémone, c'est la petite ville où habitait Antonio Stradivari, Stradivarius, si vous voulez, qui fit les violons les plus cotés du monde. C'est en Italie, près de Parme. Ce violon est un pur chef-d'œuvre.

— En quoi est-il si extraordinaire ?

— Mais en tout ! Sa table, son chevalet, son manche, son fond en érable, le sillet d'ébène, les chevilles qui sont en buis, tout est magnifique dans cet instrument de musique. C'est de cette alchimie de bois sélectionnés avec soin, en raison de leurs qualités vibratoires, que Stradivarius tirait tout son art. On change un détail, et le son n'est plus le même. Ce luthier italien était très exigeant en matière de bois. Il fallait que l'arbre soit assez vieux pour que les fibres soient bien matures, qu'il ait poussé à l'abri du vent, qui altère le bois. Il fallait aussi que l'arbre soit coupé en hiver, lorsque la sève ne circule plus. C'était le bon temps de l'amour du travail bien fait... aujourd'hui, tout se fait à la va-vite et c'est tout juste si on sait d'où il vient, le bois que travaillent nos luthiers.

— Et comment sait-on qu'un morceau de bois est bon pour faire un violon ?

— C'est là tout l'art du luthier... les très bons utilisent un maillet et font résonner des centaines de planches de bois, pour n'en retenir que quelques-unes en fonction de leur sonorité. Il faut une excellente oreille. C'est un art qui ne s'improvise pas, il faut le vivre comme une passion. Rien que pour la préparation d'une corde, des mois sont nécessaires.

— Et le violon de Julie dans tout ça ?

— Le violon de Julie a une particularité : sa table est constituée de deux morceaux, l'un d'érable, l'autre de sapin rouge. C'est très rare. C'était l'un des secrets de Stradivarius, mélanger ainsi deux bois pour une même pièce. De nos jours, aucun luthier ne s'y risquerait. Ce savoir est perdu sans doute à jamais.

— Tout reposait sur le bois ?

— Non. Il y avait également les résines... Chaque luthier garde secrète la composition de sa résine, qui forme le vernis du violon. Le violon de Julie a par endroits un ton jaune paille, c'est la térébenthine cuite qui lui donne cet aspect. Le reste, un ton chaud, plus rouge, est fait de cire vierge et d'oxyde de plomb. Il faut toute une vie pour connaître l'art d'un bon vernis. C'est au soleil couchant que l'on en apprécie le mieux l'éclat et les reflets...

Mercier s'était pris au jeu. Le directeur du conservatoire était intarissable. Il raconta en détail l'art de la fabrication du violon, celui de la gouge et du rabot, le secret des couleurs ambrées, regrettant de vivre dans un siècle qui méprisait les arts.

— Nul ne sait quelle aurait été la virtuosité de Paganini s'il n'avait eu la chance de jouer sur un stradivarius...

Mercier écoutait, l'oreille distraite, relançant son interlocuteur avec quelques questions, et espérant le ramener au sujet de sa visite, c'est-à-dire Julie.

— D'où lui vient ce nom de « pucelle », à ce violon ?

— Ces instruments ont plusieurs siècles. Périodiquement, il faut les réparer, ce qui est toujours une entreprise périlleuse. Un mauvais luthier peut détruire un stradivarius. Mais lorsque Jean-Baptiste Vuillaume, luthier de renom et grand restaurateur de stradivarius, répara celui-là, vers 1850, plus d'un siècle après sa création, il eut la surprise de constater qu'il était vierge de toute réparation, ce qui est exceptionnel. D'où le nom de « pucelle », donné par ce luthier, et qui lui est resté.

— Vous êtes sûr que ce violon est un stradivarius ?

— Oui. Il n'y a aucun doute possible. Tous les experts vous le confirmeront. On sait identifier un instrument entre mille. Mais celui-là, c'est au son qu'il est reconnaissable : doux, puissant, d'une clarté qui frôle la pureté absolue. Nous possédons trois stradivarius au musée de la Musique et j'aurais bien voulu acquérir celui-ci pour le conservatoire, mais notre budget ne nous le permettait pas. Le violon le plus cher s'appelle le « Messie », c'était le préféré du maître Stradivarius, qui ne s'en sépara jamais.

— Qu'est-ce qui justifie le prix de ces instruments ?

— Au dix-huitième siècle, Stradivarius les vendait pour quatre louis d'or. Celui de Julie, je m'en souviens comme si c'était hier, a été mis aux enchères à Drouot il y a un peu plus d'un an. Plusieurs musées et quelques virtuoses, collectionneurs fortunés, étaient présents dans la salle et voulaient l'acheter. Mais c'est un particulier très riche, un peintre, qui l'a finalement acquis.

— Un peintre, dites-vous ?

— Oui, mais je ne connais pas son nom. Moi, mon univers, c'est la musique. La peinture, c'est déjà un autre monde. La « pucelle » s'est vendue un million d'euros, sans les frais. Certains violons valent beaucoup plus : les instruments anciens sont très recherchés. Vous n'achetez pas seulement un trésor qui se valorise avec le temps, vous achetez une tradition séculaire, un savoir-faire perdu, un lot de secrets. Imaginez le nombre de princes, de rois, de duchesses, que ce violon a fait danser au cours de son existence fastueuse dans toutes les cours royales d'Europe... Bref, monsieur le commissaire, avec un tel violon, vous entrez dans l'histoire de la musique. Aussi, imaginez notre surprise quand, quelques semaines plus tard, on a retrouvé Julie avec la « pucelle » au conservatoire. Elle affirmait qu'on le lui avait offert en paiement d'un travail.

— Un travail ?

— Je n'en sais pas plus à ce sujet. Julie est discrète, elle ne nous fait pas ses confidences. Mais à partir de ce jour, tout s'est dégradé. Les élèves étaient jaloux, les professeurs aussi... Dès que Julie jouait en concert, la sonorité de son violon était tellement supérieure à celle des autres que les chefs d'orchestre avaient des problèmes. Rapidement, Julie hérita de tous les solos. Les crises de jalousie se multiplièrent. Je recevais plainte sur plainte. Mon bureau était devenu le guichet des réclamations et des lamentations. Les mauvaises langues prétendaient que ce violon avait peut-être été volé, car Julie vivait pauvrement... Bref, elle est devenue la tête de Turc de tous, et j'ai dû m'en séparer. Elle l'a d'ailleurs bien compris. Elle a pleuré, mais n'a pas insisté, nous ne l'avons plus revue. Je crois qu'elle joue dans une église. Vous vous rendez compte, un stradivarius pour accompagner les messes et les enterrements ! Quel gâchis !

Mercier était abasourdi. Julie jouait avec un stradivarius, un violon d'exception, le rêve des plus grands instrumentistes... Qui le lui avait donné, et en échange de quoi ? Si Pignol apprenait que l'objet valait une telle fortune, il se hâterait de placer Julie en garde à vue, et cette fois, il serait certainement soutenu par le divisionnaire, quel que soit l'avis de Mercier...

Il rentra au Quai des Orfèvres. L'agitation du matin n'avait pas cessé. On n'avait pas de nouvelles de Dédé, mais les enquêteurs affirmaient que le milieu jubilait. Les principaux indicateurs étaient aux abonnés absents. Au Sofitel, tout était calme. Gisèle n'avait pas quitté sa chambre. De nombreuses descentes de police étaient prévues pour le soir dans un certain nombre de bars où Dédé avait ses habitudes. Dans cette affaire d'évasion, la police avait des ordres et elle entendait être redoutablement efficace.

Mercier croisa le divisionnaire.

— Alors, Mercier, du nouveau ? On ne vous a pas beaucoup vu cet après-midi, il faut vous remuer un peu, mon petit vieux.

— On s'en occupe, on s'en occupe...

Le divisionnaire continua sa course, levant les bras au ciel. Il avait la démarche grotesque d'un pantin désarticulé. Même s'il n'en laissait rien paraître, Mercier était humilié de se voir ainsi traité devant ses collègues.

Revenu au calme de son petit bureau, le commissaire se documenta sur le violon. La salle des ventes de Drouot retrouva la trace de la transaction, et le commissaire-priseur communiqua à Mercier le nom de l'acheteur. Il s'agissait d'un peintre. L'adresse fit sursauter le commissaire : Paris, quai d'Anjou. Ainsi donc, la boucle était bouclée, et on revenait dans l'île Saint-Louis. Mercier descendit l'escalier quatre à quatre. Il n'était pas au bout de ses surprises : au sommier, il apprit que le peintre avait été assassiné neuf mois auparavant... L'enquête avait conclu à un crime de rôdeur, car une grosse somme avait disparu, ainsi que des bijoux. Vraiment, aujourd'hui, la panique gagnait tous les étages ! Pignol allait s'emparer de ce nouvel élément, et exiger de Julie qu'elle s'explique sur son violon. Mercier ne pourrait plus éviter sa mise en garde à vue. Que savait la jeune fille de cet assassinat ? Avait-elle un alibi ? Il décida d'aller voir le collègue qui s'était occupé de cette affaire.

— Qu'est-ce que tu peux me dire sur cet assassinat du peintre, dans l'île Saint-Louis ?

— L'affaire n'a pas été élucidée. On a conclu au crime d'un voleur, car de l'argent et des bijoux ont été dérobés. De très beaux joyaux, le type était très riche. Il y avait notamment une émeraude très pure montée en bague. Le peintre en avait fait des photographies pour l'assurance. Si le voleur la remet sur le marché, on le repèrera aussitôt : les grands bijoutiers sont prévenus. Moi, j'attends. Mais si le voleur est malin, il fera retailler les pierres... Dans ce cas je serai obligé de classer l'enquête.

— Ce peintre, il connaissait une certaine Julie, qui habite l'île Saint-Louis ?

— Oui, c'était son modèle préféré.

— Julie ?

— Oui, Julie. Je l'ai interrogée plusieurs fois. Il lui avait même acheté un violon, en échange de séances de pose chez lui.

— Le peintre lui avait donné un violon ?

— Oui. Un instrument de valeur : il y a un acte notarié en bonne et due forme. C'est un stradivarius, ça vaut une fortune. Tout a été fait dans les règles, y compris pour les impôts. Mais, au fait, c'est toi qui t'occupes du meurtre de cet abbé de l'île Saint-Louis ?

— Oui.

— Et tu te demandes s'il n'y a pas un lien entre les deux affaires ?

— Rien ne permet de l'affirmer.

— Il ne fait pas bon connaître cette Julie en ce moment...

— C'est peut-être une coïncidence.

— Mais comme tout bon flic qui se respecte, tu te renseignes quand même.

— Voilà.

Son collègue coopératif sortit un classeur d'un placard.

— Le dossier est dans mon bureau, il est à ta disposition.

Mercier posa la question qui lui brûlait les lèvres depuis quelques minutes.

— Merci... Julie avait un alibi pour le meurtre du peintre ?

— Oui, un alibi en béton : à l'heure du crime, elle était avec ton abbé.

— Elle était seule avec lui à l'église au moment du crime ?

— Oui, elle répétait pour un mariage, le lendemain. Le crime a eu lieu en plein jour, en début d'après-midi. L'église n'était pas encore ouverte. J'ai interrogé l'abbé qui a confirmé formellement l'alibi de Julie.

— Et elle, quelle impression elle t'a faite ?

— Une jolie frimousse. Pas fière pour un sou, mais terrifiée par cet assassinat. Je crois qu'elle avait un réel chagrin.

— C'était la maîtresse de ce peintre ?

— Je n'en sais rien. Dans ce milieu, l'artiste touche toujours plus ou moins son modèle. Il paraît que c'est indispensable pour l'inspiration. Le contact physique, disent-ils. Alors, le plus souvent... Et puis la fille est très jolie. Certes, il était plus vieux qu'elle, mais avec le joli cadeau qu'il lui avait fait...

— Ce peintre, il était connu ?

— Assez. Il a la cote à Genève et à New York, où il exposait ses toiles régulièrement. Dans les mois qui ont précédé sa mort, il a peint un grand nombre de toiles. La galerie qui est rue Saint-Louis-en-l'Île propose parfois ses œuvres. C'est elle qui doit les vendre dans le cadre de sa succession. Il vivait seul et sans enfant, mais il avait plusieurs neveux qui profiteront de l'aubaine. Son héritage est considérable. Lui-même avait hérité de parents très riches, et sa peinture lui rapportait assez gros.

— Tu as vu ses toiles ?

— Oui, c'est pas mal. Du figuratif mêlé d'impressionnisme. Il avait un petit style bien à lui.

— On reconnaît Julie ?

— Oui. La dernière année, c'était son unique modèle. Ce sont d'ailleurs les toiles qui la représentent qui ont la plus grande valeur artistique. Il la peignait avec son violon. Les directeurs de galeries venaient du monde entier.

— Qu'est-ce que tu en penses, de ces tableaux ?

— Il faut être amateur du genre.

— Pourquoi ?

— Ce sont des nus.

9

Le divisionnaire tend un piège

À dix-huit heures trente, alors que Mercier, fatigué, s'apprêtait à rentrer chez lui et à s'installer devant le bon dîner préparé par sa femme, le divisionnaire le convoqua.

— Venez, Mercier, il faut que je vous parle tranquillement. Allons boire un verre dans le quartier avant de rentrer, nous l'avons bien mérité après cette dure journée.

Les deux flics se retrouvèrent quelques instants plus tard, attablés à l'ombre d'un parasol, à la terrasse d'un petit bistrot de l'île de la Cité. Mercier était sur ses gardes. Il commanda une bière. Cette manifestation d'amitié était inhabituelle : sans doute le divisionnaire avait-il une demande à lui faire. Il l'avait évité tout au long de la journée, mais maintenant, il voulait lui parler... Peut-être avait-il des consignes ou des informations du ministère à transmettre discrètement. Mais peut-être s'agissait-il d'un piège. Pendant près d'un quart d'heure, le divisionnaire se répandit en vagues considérations sur les vicissitudes du métier de policier, les dures réalités de la hiérarchie, et l'ignominie d'une presse avide de sensationnel. Déverser autant d'âneries n'était pourtant pas dans ses habitudes. Il avait ses défauts, mais c'était un flic intelligent et vif. Manifestement, il avait une idée derrière la tête... et prenait son temps. Ce n'est qu'à la seconde tournée de bière qu'il entra dans le vif du sujet.

— Dites-moi, Mercier, vous avez bien une petite idée sur la façon dont Dédé s'est envolé de la Santé ?

— Oui, mais sans certitude... « Envolé » me semble assez proche de la vérité.

— Dédé avait bien dit au directeur de la prison qu'il s'évaderait ?

— Oui. Il l'avait même écrit dans un billet transmis à Gisèle.

Mercier sortit le petit papier froissé que lui avait donné Gisèle. Le divisionnaire le prit et le lut attentivement.

— Mais vous m'aviez caché ça !

— Je n'ai guère eu l'occasion de vous voir aujourd'hui.

— Vous imaginez le scandale si un journaliste tombait sur ce document ?

— Ce papier vaut en effet son pesant d'or...

— Eh bien maintenant, il vaut son pesant de cacahuètes ! rétorqua le divisionnaire en déchirant le papier en petits morceaux. On peut croire Dédé sur parole quand il dit quelque chose !

— C'est ce qui le rend attachant, railla Mercier. Souvenez-vous, il avait cité un poème de Garcia Lorca lors de son procès...

— On peut donc aussi le croire quand il disait que Guillaume allait l'aider.

Mercier était surpris : le divisionnaire avait compris le rôle de Guillaume. Il apprécia en connaisseur. Il était inutile de finasser.

— Ce Guillaume n'a qu'un seul talent : l'arbalète.

Pour moi, il a dû lancer une corde à Dédé depuis un arbre jouxtant la prison, et le tour était joué.

— Vous croyez ?

— Oui, répondit le commissaire, j'en suis persuadé. Allez faire examiner de près les marronniers face à la fenêtre depuis laquelle Dédé s'est échappé. Vous allez retrouver des traces.

— Bonne idée, Mercier. Voici donc le mystère de l'évasion dissipé.

— J'aimerais mieux que vous ne parliez à personne de ce Guillaume. Je l'ai mis sur écoutes téléphoniques, et toute mon équipe est à ses trousses. Sa famille, ses amis, ses lieux de rendez-vous, je contrôle tout. Je pense que c'est en localisant Guillaume que l'on récupérera Dédé.

— C'est une excellente idée. Je m'occupe de Dédé, et vous de Guillaume. Ça vous va comme plan de bataille ? Une répartition des tâches, en quelque sorte.

— Oui, si vous voulez.

— Maintenant, j'ai une mauvaise nouvelle pour vous, Mercier. Et c'est pour cela que je voulais vous voir seul.

— Quoi donc ?

— Pignol a du nouveau dans l'affaire du curé de l'île Saint-Louis.

— Je m'en doutais.

Le divisionnaire allait de surprise en surprise. Non seulement Mercier venait de lui révéler les modalités de l'évasion de Dédé et de lui fournir un plan astucieux pour récupérer le fugitif, mais il semblait en savoir plus que Pignol sur l'assassinat de l'abbé. Son subordonné lui avait donné l'impression d'avoir passé la journée à rêvasser. En réalité, il avait une nette avance sur ses collègues. De son côté, Mercier se méfiait du divisionnaire. Il commanda un café, adoptant un ton détendu avant un éventuel affrontement.

— C'est probablement à propos du meurtre d'un peintre, il y a quelques mois, dans l'île Saint-Louis.

— Vous êtes au courant ?

— Oui.

— Alors, vous savez peut-être aussi que Julie était un des modèles préférés de ce peintre.

— Oui.

— Et que le seul alibi de Julie dans cette affaire lui a été fourni par l'abbé Poitevin.

— Qui n'est plus là pour dire le contraire...

— Ah ! ne plaisantez pas, pas aujourd'hui, j'ai eu assez d'emmerdements comme cela ! Vous n'imaginez pas quel savon on m'a passé au ministère. Ils vont virer le directeur de la Santé incessamment. Et le prochain sur la liste, c'est moi.

— À moins que vous ne receviez tous les honneurs, si nous récupérons Dédé, répondit Mercier, narquois.

— Nous avons trois jours pour le remettre en cage. Pas un de plus. C'est un véritable ultimatum !

Le divisionnaire était en nage. Il n'osait pas retirer sa veste.

— Revenons à notre affaire de curé. Deux assassinats dans l'entourage de cette Julie, ça commence à faire beaucoup. Pignol prétend que l'abbé pouvait très bien la faire chanter après lui avoir servi d'alibi. Ce qui expliquerait cette histoire de salle de bains. Tout se tient. Elle a peut-être tué le peintre pour le voler. Enfin, pour le meurtre de l'abbé, elle n'a pas d'alibi non plus. Or, elle est la dernière personne à l'avoir vu, et elle n'est arrivée à l'église qu'aux alentours de 10 heures, le crime ayant eu lieu, je vous le rappelle, entre 9 et 11 heures. Il faut éclaircir cette affaire et la meilleure solution est de placer cette Julie en garde à vue.

Le divisionnaire chargeait exagérément la barque de Julie. Où voulait-il en venir ?

— Mais Pignol a fouillé la chambre de Julie de fond en comble, et il n'a rien trouvé d'autre que son violon. Elle n'a pas le profil d'une voleuse. Des bijoux, elle n'en porte pas, et elle n'a aucun antécédent judiciaire. Le peintre était son bienfaiteur, il lui avait offert un instrument précieux, elle lui servait de modèle... Ce type était son gagne-pain... Il n'y a pas de mobile. Votre raisonnement ne vaut rien, permettez-moi de vous le dire.

— Vous avez peut-être raison, mais c'est l'argumentation de Pignol et, lors de son interrogatoire, elle n'a pas mentionné ce peintre. C'est au moins un mensonge par omission.

— On ne tue pas avec des mensonges !

— Mais c'est souvent le début d'un engrenage.

— Pignol a dû lui faire tellement peur, à Julie... et puis la vieille Mme Malgoire non plus n'a pas parlé du peintre. Pourtant, elle devait être au courant. Un assassinat dans l'île Saint-Louis, ça n'arrive quand même pas tous les jours.

— La vieille protège Julie, c'est évident. Pignol a raison.

— Bien sûr, Pignol a toujours raison, lui, sa fourmilière et ses méthodes de la nouvelle école !

— Mais, Mercier, qu'est-ce que cela peut bien vous faire que je la mette en garde à vue, cette Julie ? Il y a peu, vous ignoriez jusqu'à son existence.

— Tout simplement, je ne la crois pas coupable.
— En êtes-vous sûr ?
— Non.
— Et vous avez une autre hypothèse, un autre coupable à proposer ?
— Non.
— Bon, alors je vous informe que dès demain, je la place en garde à vue, votre petite violoniste !
— Comme vous voudrez. C'est vous le patron. Mais dans cette affaire, il ne faudra plus rien me demander. Vous n'avez qu'à confier la direction de l'enquête à Pignol...
— Vous savez bien que Pignol ne peut diriger une enquête. Je vous trouve bien susceptible, ce soir.
— On le serait à moins... Hier, j'ai travaillé jusqu'à 3 heures du matin. On m'a réveillé à 6 heures, j'ai une indic planquée dans un hôtel, menacée de mort par un détenu en cavale, et vous trouvez que je n'ai pas le droit d'être susceptible ? Vous savez, moi, cette histoire de Dédé ne me fait pas rire du tout.
— À cause de Gisèle ?
— Oui.
— En ce qui concerne l'évasion de Dédé, répondit le divisionnaire, je vous avais bien prévenu. Et justement, pour Gisèle, j'ai une idée. On pourrait organiser une souricière. On la fait sortir sous haute surveillance, elle attire Dédé dans nos filets et ainsi, ni vu ni connu, moi, je récupère notre fuyard avec les honneurs et vous, vous sauvez votre indic en douceur. Ça vous va ?
— Non. C'est trop risqué pour Gisèle.
— Ce sont les risques du métier !
— Elle est pute, pas fonctionnaire de police !
— C'est votre indic, c'est la même chose !

— Non. Pas question, c'est trop dangereux. Tout ce que vous allez gagner, c'est une belle bavure... Vous n'imaginez quand même pas que Dédé puisse se laisser prendre sans répliquer ?

Mercier était exaspéré. Il avait compris un peu tard le piège du divisionnaire : se servir de Gisèle comme d'un appât pour un fuyard qui serait vraisemblablement armé, et qui n'avait plus rien à perdre. Mais il savait qu'il ne pourrait pas s'opposer longtemps à une décision du divisionnaire. Toutefois, comme la chèvre de monsieur Seguin, il résistait du mieux qu'il pouvait...

— Vous allez provoquer une boucherie.

— Non, j'ai demandé à une équipe spéciale de s'en charger. Des spécialistes du genre.

Ainsi, le divisionnaire venait de lui avouer qu'un plan avait déjà été élaboré, sans qu'il ait été consulté. Voilà pourquoi on l'avait tenu à l'écart toute la journée... Malgré sa colère, il garda son calme.

— J'aurais préféré prendre moi-même l'opération en charge avec mes hommes.

— Vous devenez déjà plus raisonnable. Mais il n'en est pas question. L'opération est déjà décidée en haut lieu. Il y aura plus de cinquante hommes sur le terrain, et une quinzaine de véhicules. J'ai même prévu un hélicoptère. J'ai des ordres, Mercier, on va mettre le paquet et Dédé, il va avoir chaud aux miches, c'est moi qui vous le dis. Ce sera pour demain après-midi. Il faut calmer la presse avant que cette évasion ne devienne une affaire politique.

— Si vous avez tout décidé derrière mon dos, pourquoi êtes-vous venu me demander mon avis ? Les deux bières et le café, c'est un lot de consolation ?

— J'ai besoin de vous, Mercier.

Le divisionnaire regardait fixement Mercier, pris au piège.

— Je vous écoute.

— Gisèle n'acceptera le marché que si c'est vous qui le lui présentez. Vous n'avez qu'à dire que c'est une de vos idées. Elle a un petit penchant pour vous, Mercier, je ne sais pas si vous vous en êtes rendu compte. Il faut qu'elle sorte demain de l'hôtel, et qu'elle se montre dans Paris.

— Si on la suit de trop près, cela se verra, et Dédé ne se montrera pas. Les « spécialistes », en général, manquent redoutablement de discrétion...

— C'est là toute l'astuce. On va lui donner un petit appareil GPS. C'est précis à quelques mètres près, c'est réglé par satellite, cela permettra de savoir où est Gisèle sans que l'on soit obligé de la suivre trop visiblement. On a tout prévu.

— C'est le système des balises de détresse ?

— Oui. C'est aussi utilisé pour guider les voitures par ordinateur. C'est très au point. Elle mettra le boîtier dans son sac. C'est tout ce qu'elle aura à faire.

— Et où devra-t-elle aller ?

— Il suffit qu'elle suive son itinéraire habituel. Les grands boulevards, l'Étoile, l'avenue Foch, la Madeleine, peu importe. Mais il faut que ses copines de trottoir la voient. Il y en aura bien une qui passera un petit coup de téléphone, et Dédé sera vite mis au courant. Avec un peu de chance, il va rappliquer et on lui mettra la main dessus. L'idée que Gisèle se promène en liberté va le rendre fou, et donc imprudent. Il ne pourra pas nous échapper.

— Fou et imprudent, je n'en suis pas sûr. Mais dangereux, ça c'est certain.

— Nous serons prudents pour deux.

— Et si, se sentant pris au piège, il tue Gisèle avant de se rendre ? Il était en prison avant, il sera en prison après : il n'aura rien perdu, mais il aura la satisfaction d'avoir liquidé Gisèle et l'admiration de toute la pègre parisienne. Votre plan est trop dangereux, je ne marche pas.

— Au pire, cela fera une pute de moins à Paris et vu le nombre, ça ne changera pas grand-chose.

Le divisionnaire avait prononcé cette dernière phrase d'une voix glaciale. Son cynisme révulsa Mercier, qui serra les dents.

— Vous voudriez que je fasse avaler ça à Gisèle ?

— Exactement.

— Et si je refuse ?

— Ne discutez pas, Mercier. Obéissez, un point c'est tout. Le ministère est sur les dents, l'administration pénitentiaire veut reprendre Dédé au plus vite, ça s'agite dans les prisons et il faut remettre de l'ordre rapidement. Mettre fin à cette cavale est une priorité. Tout est déjà prévu. Vous devez juste donner un petit coup de fil à Gisèle. C'est tout ce que je vous demande.

Mercier comprit qu'il n'avait pas le choix. Le divisionnaire donna le coup de grâce.

— L'opération aura lieu. Mais si vous ne coopérez pas, nous ferons savoir où se trouve Gisèle. Ce sera simplement beaucoup plus risqué pour elle.

Mercier savait que le divisionnaire disait vrai, et qu'il mettrait son plan à exécution sans aucun état d'âme.

— Et après avoir donné ce coup de téléphone à Gisèle, je fais quoi, dans cette affaire ?

— Rien, surtout. Je m'en occupe. Mais vous affirmerez le contraire à Gisèle, qui doit penser que c'est vous qui êtes le grand responsable. Vous n'aurez qu'à vous occuper de la garde à vue de Julie avec Pignol.

Le divisionnaire venait de passer les bornes. Mercier durcit le ton.

— Écoutez, monsieur le divisionnaire, si vous me faites chier un instant de plus, je prends le téléphone portable qui est dans ma poche, j'appelle Gisèle, et je la mets au courant de votre ignoble piège. Dans la minute qui suit, elle aura fichu le camp du Sofitel Saint-Jacques. Vous pourrez renvoyer vos fameux « spécialistes », et expliquer tout cela au ministère. Avec ma bénédiction.

Pour bien montrer qu'il ne plaisantait plus, Mercier avait sorti son téléphone, qu'il posa ostensiblement devant le verre du divisionnaire.

— Mercier, vous ne feriez pas ça !

— Je vais me gêner !

— Qu'est-ce que vous proposez ?

Le divisionnaire suait à grosses gouttes. Mercier avait repris la situation en main. Mais sa marge de manœuvre restait bien étroite.

— Dans un premier temps, on ne mélange pas l'affaire Dédé avec celle de l'île Saint-Louis, et on retarde la mise en garde à vue de Julie jusqu'à l'arrestation de Dédé. J'appelle Gisèle comme vous le souhaitez, mais j'exige de participer à l'opération.

Le divisionnaire était interloqué. Mercier était vraiment très habile. Passant outre les rapports hiérarchiques, il venait de retourner une situation désespérée à son avantage.

— Alors vous, quand vous avez une idée dans la tête... Je ne comprends pas cette obstination à protéger une pute et une fille de pute. Ça me dépasse. Écoutez, Mercier, je vais être bon prince et pour votre

Julie, je suis d'accord. On attend l'arrestation de Dédé, mais pas une minute de plus. Quant à vous faire participer à l'opération, je veux bien, mais de loin, et sans quitter le Quai des Orfèvres. Je ne veux pas de vous sur le terrain. D'accord ?

— D'accord.

Mercier avait eu chaud. Il venait de limiter les dégâts.

— Puisque nous sommes du même avis, appelons Gisèle immédiatement.

Mercier reprit son portable et composa le numéro de la chambre de la jeune femme, qui répondit aussitôt.

— Tout va bien ?

— Oui, mais je commence à m'ennuyer.

— Ça tombe bien, je te propose une petite sortie.

— Comment ça ?

— Voilà : si on ne fait rien, tu es bloquée dans ton hôtel pour des lustres.

— Oui, mais si je sors, je reçois deux balles dans la peau. Ce ne sera pas une situation vivable bien longtemps. Il serait temps que vous le retrouviez, Dédé, ou je serai encore là à Noël.

— Justement, c'est pour ça que je t'appelle. Mais il va falloir que tu m'aides.

— Je ferai tout ce que vous voulez.

— Demain matin, je t'apporterai un petit appareil, gros comme un téléphone portable. Tu le mettras dans ton sac.

— Et après ?

— En début d'après-midi, tu sortiras te balader dans Paris.

— Comme si j'allais travailler ?

— Exactement. Montre-toi auprès de tes copines pour qu'elles constatent que tu es revenue.

— Mais il y en a bien une qui va alerter le milieu, et Dédé sera prévenu illico.

— C'est exactement ce que je souhaite.

— Et comment allez-vous me protéger ? Dans votre affaire, je suis une véritable cible vivante !

— On va te suivre pas à pas et dès que Dédé se montrera, on l'attrapera ou on l'abattra, au choix.

— Vous n'avez pas peur qu'il tire dans le tas ? Vous savez, Dédé, il n'a plus grand-chose à perdre.

— Ne t'inquiète pas. Toute une équipe est mobilisée, il y aura plus de flics que de touristes. On a tout prévu.

— Mais c'est vous qui commandez tout cela ?

Mercier mentit, mais il n'avait pas le choix.

— Oui.

— Dans ces conditions, j'ai confiance. Je veux bien vous obéir, mais j'espère que vous êtes sûr de votre coup...

— Je t'expliquerai tout demain matin.

— Parce que, maintenant que j'ai retrouvé la liberté, j'aimerais bien en profiter un petit peu.

— Je passe demain vers midi à ton hôtel pour t'apporter le matériel.

Le divisionnaire eut un soupir de soulagement et s'essuya le front avec son mouchoir. Mais une seconde plus tard, il se ravisa :

— Il a fallu que vous lui disiez que vous alliez lui apporter le matériel ! Ce n'était pas dans nos accords.

— Eh bien maintenant, c'est dedans. De toutes les façons, Gisèle n'a confiance qu'en moi, elle n'ouvrira sa porte à personne d'autre.

— Attention, Mercier. Après ça, vous disparaissez. On est bien d'accord.

— Oui.

— J'ai votre parole ?

— Oui.

— Bon, maintenant, je dois voir Pignol.

— Pourquoi ?

— Parce que je l'avais autorisé à téléphoner au juge pour placer Julie en garde à vue... Comment lui expliquer ce revirement ?

— Ça, c'est vos oignons. Mais si vous préférez que je rappelle Gisèle pour la mettre au parfum, vous n'avez qu'à dire un mot. Je peux encore changer d'avis.

— Non, je vais parler à Pignol. Mais je ne veux pas passer pour une girouette à ses yeux.

— Alors ça, je m'en fous. La girouette, ça vous ira très bien.

10

Le piège est tendu

Mercier n'eut pas le courage de retourner à son bureau. Il rentra directement chez lui. Le soleil couchant formait des reflets rougeoyants sur la Seine. Malgré l'heure tardive, quelques journalistes attendaient devant l'entrée du Quai des Orfèvres, dans le faible espoir de glaner un renseignement. Il savait que le divisionnaire travaillerait une grande partie de la nuit pour préparer en détail l'opération du lendemain. Les effectifs, l'emplacement des véhicules, le quadrillage des lieux, les relais radio pour les transmissions, le choix du poste de commandement pour la coordination, tout était important et devait être minutieusement planifié, minuté, répété comme pour une intervention militaire. La nuit à venir ne serait pas de trop pour mener à bien cette entreprise, et Mercier était vexé que le divisionnaire ne lui ait pas demandé de l'aider.

Une certaine amertume l'envahit. C'était pourtant lui qui, quelques années plus tôt, avait arrêté Dédé. Lui, qui avait vu le directeur de la Santé pour le mettre en garde contre une probable évasion. Lui encore, qui avait compris le rôle de Guillaume. Et toujours lui, qui avait une indic menacée de mort. Et pourtant, toute l'opération aurait lieu sans lui. Tout cela pour satisfaire la vanité des administrations policière et pénitentiaire, qui, humiliées, insultées par la presse, s'efforçaient maintenant de résoudre le problème sans se préoccuper d'éventuels dégâts collatéraux. Il reconnaissait toutefois que l'idée du divisionnaire, certes périlleuse, ne manquait pas de panache. Il était probable que dès que Gisèle se montrerait dans Paris, le tam-tam des téléphones portables se mettrait à résonner, et que le milieu serait prévenu. Nul doute que Dédé, sitôt averti, tenterait une action. C'était pour cela qu'il s'était évadé, et vu les moyens déployés pour son arrestation, ses jours de cavale étaient comptés. Chercherait-il à voir Gisèle pour lui parler, avant de la tuer ? Tenterait-il de la kidnapper avec des complices ? Mercier n'avait pas de réponse à ces questions, mais il fallait prendre la menace au sérieux. Peut-être même Dédé tirerait-il directement, sans sommation, depuis la vitre ouverte d'une voiture ou le siège arrière d'une moto, ce qui lui permettrait de fuir au milieu des embouteillages. Guillaume avait-il un permis moto ? Il faudrait vérifier.

Chez lui, sa femme l'attendait. Le couvert était mis, et ils passèrent directement à table pour dîner.

— J'ai écouté les informations. Les journalistes sont déchaînés. La moitié du journal télévisé a été consacrée à cette évasion rocambolesque. Ce Dédé, c'est bien toi qui l'avais arrêté il y a quelques années ?

— Oui, c'est d'ailleurs pour cette affaire que je suis en retard.

— Tu penses le retrouver rapidement ?

— J'y compte bien. Le plus vite sera le mieux. Personne n'a parlé d'un éventuel complice pour cette évasion ?

— Non.

La conversation en resta là. Mme Mercier ne questionnait jamais son mari au-delà de certaines limites Elle lui montrait ainsi qu'elle était attentive à ses problèmes, mais qu'elle respectait le secret professionnel.

— J'espère que tu vas pouvoir dormir, tu as l'air fatigué.

— Oui, ce soir, je ne serai pas dérangé.

Après une délicieuse tarte aux pommes dont sa femme avait le secret, Mercier alla se coucher.

Le jeudi matin, le Quai de Orfèvres était encore en ébullition. Les mêmes journalistes stationnaient à l'entrée, certains depuis la veille. Le commissaire salua un chroniqueur qu'il connaissait.

— Du nouveau, commissaire ?

— Vous le saurez bien assez tôt.

— Vous avez localisé le fuyard ?

— Pas encore.

La traque de Dédé se mettait en place. Mercier était arrivé tard, il ne voulait rien faire avant d'aller voir Gisèle. Il en avait profité pour faire la grasse matinée et prendre son petit déjeuner avec sa femme. Elle avait apprécié cette attention, et était allée chercher une baguette de pain frais chez le boulanger tandis que son mari se rasait, pieds nus, dans la salle de bains, puis avait ouvert un pot de cette gelée de framboise qu'il adorait. De larges tartines de pain beurrées, nappées de confiture et trempées dans un grand bol de café au lait fumant, il n'en fallait pas plus pour rendre le commissaire heureux. Un vrai petit moment de bonheur, comme en ont parfois les vieux couples complices. Avec le pain, Mme Mercier avait rapporté les journaux, qui n'étaient pas tendres avec la police et commentaient l'évasion en termes ironiques. Personne n'y comprenait rien car on n'avait rien vu, rien entendu. Il n'y avait pas de témoin et aucune trace dans la cellule. Mais pas un mot sur Guillaume : Mercier avait le sourire, la journée serait difficile, mais elle commençait sous de bons auspices. Il croyait aux présages, et cette merveilleuse gelée de framboise en était un.

Quai des Orfèvres, Mercier croisa le divisionnaire dans un couloir. Il était furieux. Il avait été dessaisi de toute fonction de commandement. La décision était tombée dans la nuit comme le couperet d'une guillotine. Le Raid s'occuperait de tout, dépendant directement d'une cellule de crise du ministère de l'Intérieur.

— C'est extraordinaire ! C'était pourtant mon idée ! C'est tout juste s'ils ont accepté qu'un terminal soit installé dans mon bureau pour suivre l'opération.

Mercier esquissa un petit sourire goguenard. C'était scandaleux, mais ce n'était qu'un juste retour des choses. Le divisionnaire l'avait évincé, il se trouvait à son tour écarté : un véritable jeu de chaises musicales. Mercier resta cependant charitable :

— Vous vous êtes laissé déposséder sans rien dire ?

— J'ai râlé pour la forme, mais je n'ai rien pu faire. Ils ont même essayé de vous court-circuiter. Ils ont téléphoné à Gisèle pour la prévenir que c'était un de leurs hommes qui passerait à son hôtel lui expliquer le fonctionnement du matériel, mais elle n'a rien voulu savoir. C'est vous qu'elle veut.

— La brave petite...

— J'oubliais, il y a un membre du commando qui vous attend depuis plus d'une heure pour vous montrer ce GPS sophistiqué. Il tourne en rond comme un ours en cage. Le fonctionnement est des plus simples. Il suffit d'allumer l'appareil, le reste est automatique. Mais enfin... puisqu'il veut vous expliquer. Ne le faites pas trop attendre, ces gars-là sont assez désagréables, quand ils ne nous prennent pas carrément pour des cons.

Mercier monta dans son bureau. Un homme l'y attendait en effet, qui énonça d'une voix monocorde :

— Dans chaque voiture du dispositif ainsi qu'au poste de commandement du ministère, nous pourrons suivre votre indic sur notre écran d'ordinateur, à quelques mètres près. La fille n'aura rien d'autre à faire qu'à allumer le GPS en appuyant sur le bouton « on ». Mettez-la bien en garde, en aucun cas elle ne doit appuyer sur le bouton « off », ou nous perdrions sa trace.

— Ce n'est pas son intérêt.

— Exactement. Sa sécurité en dépend. Vous avez bien compris ? dit l'homme d'un ton méprisant.

— Oui.

— Bon. Allez à l'hôtel, remettez-lui l'appareil et revenez. Je ne veux pas vous voir sur le terrain. On a placé un terminal informatique dans le bureau de votre divisionnaire pour suivre l'opération, si cela vous intéresse. Attention, réglez bien votre montre : votre indic doit sortir de son hôtel à 14 heures précises, prendre un taxi, aller dans les bars de son choix des Champs-Élysées puis remonter progressivement vers l'Étoile. C'est ce quartier-là qui sera quadrillé.

— Compris.

— Elle portera un gilet pare-balles. L'opération est dangereuse.

Et, joignant le geste à la parole, il sortit d'un sac le

vêtement. Mercier le soupesa : il y en avait au moins pour deux kilos.

— Dites-moi, vous avez déjà affublé une prostituée, censée travailler un après-midi d'été, avec ça ?

— Vous savez, moi, j'exécute.

— Je vois. Mais avec un tel attirail, elle va ressembler à Bécassine. Ce gilet n'échappera à personne, et les autres vont flairer le piège. Vous n'aurez pas Dédé si facilement. Méfiez-vous, ce n'est pas un imbécile... Et si vous voulez qu'elle porte ce truc, allez donc le lui proposer vous-même !

— Mais elle ne veut voir que vous... C'est bien ça notre problème.

— Et pourtant, ce n'est qu'une pute pas très fine, selon vous...

— Bon, je vais en référer à la hiérarchie. Après tout, c'était pour assurer sa sécurité, à votre indic. Moi, je m'en fous, la priorité de l'opération, ce n'est pas la fille, c'est de récupérer le fugitif mort ou vif.

Mercier serra les dents. L'autre avait raison, et cette phrase avait ravivé la peur d'une bavure. En cas de pépin, il ne pourrait même pas s'en prendre au divisionnaire qui était dessaisi de l'affaire. Il fallait trouver quelque chose et très vite. Mais quoi ?

Vers midi, presque serein, il quitta le Quai des Orfèvres en sifflotant. Dans la voiture banalisée, il demanda au chauffeur de faire quelques détours pour vérifier qu'il n'était pas suivi. Il y avait beaucoup de remue-ménage dans le hall du Sofitel, si bien que son entrée fut très discrète. Il monta directement et frappa à la porte de la chambre de Gisèle. En reconnaissant la voix de Mercier, elle ouvrit aussitôt. Elle était encore en chemise de nuit. Elle arborait un grand sourire, et lui sauta au cou.

— Je suis bien contente de vous voir ! Dans cette chambre, j'ai l'impression d'être encore en prison...

— C'est quand même plus confortable.

— Oui, mais j'y suis encore plus seule et ça me pèse.

Le plateau du petit déjeuner était sur la table.

— Vous prendrez bien un peu de café avec moi, il est encore chaud. Je me suis levée tard, le plateau vient juste d'arriver. Il faut dire que j'avais pris un somnifère. Je dors mal.

Depuis sa visite du mardi dans la prison, Gisèle avait bien changé. Elle avait fait venir un coiffeur. Elle avait les cheveux courts et bouclés, elle s'était maquillée et avait fait ses ongles.

— Vous aimez ma nouvelle coiffure ?

— Oui.

— Et mon maquillage ?

— C'est-à-dire...

— Vous m'avez dit que je devais m'apprêter comme si j'allais travailler... Alors, j'ai forcé un peu ! Je vois que vous n'aimez pas... Si vous voulez, je l'enlève, j'en ai pour une minute. À quelle heure dois-je sortir ?

— 14 heures précises, tout est minuté.

— Chouette, on va être ensemble pendant plus d'une heure. Je ne veux pas que vous me laissiez seule.

Gisèle parlait sur le ton de la plaisanterie mais Mercier comprit qu'elle était tendue. Elle devait être terrifiée.

— Comme possible condamnée à une mort prochaine, j'ai peut-être droit à une dernière volonté ?

— Dis toujours.

— Ça fait longtemps que je n'ai pas embrassé un homme... Je ne sais même plus le goût que ça a... Alors, si le cœur vous en dit, moi je suis d'accord. On a juste le temps.

Elle avait pris une expression mutine, un sourire espiègle, et se cambrait légèrement pour mettre ses courbes voluptueuses en valeur.

— Tu ne crois pas qu'en matière d'hommes, tu as eu ta dose ? Et puis ce n'est pas le moment de batifoler... Tu dois garder l'esprit clair.

— Justement, moi, l'amour ça me calme. Et là, je suis comme qui dirait... un peu nerveuse.

Gisèle haussa les épaules, déçue. Elle se leva comme un diable qui sort de sa boîte, et alla s'habiller dans la salle de bains, laissant ostensiblement la porte ouverte. Elle était vraiment gracieuse malgré son impudeur. Elle s'habillait lentement : un striptease à l'envers, face à Mercier qui la regardait amicalement. Elle avait dû dévaliser la boutique de l'hôtel car tout était neuf. Le chemisier à petites fleurs bleues soulignait son teint mat, la jupe plissée trop courte dévoilait ses cuisses. Mercier l'imaginait vêtue du gilet pare-balles...

— Est-ce que je mets des bas ?

— Il fait bien chaud.

Par défi, elle enfila une paire de bas. En plaisantant, il lui expliqua le fonctionnement du GPS.

— Tu as bien compris ?

— Oui. Mais ça, ça marche si tout va bien. Et s'il y a un imprévu ?

— Écoute-moi, ma petite Gisèle, car ce que je vais te dire maintenant est capital. En cas de danger imminent, tu éteins le GPS, tu te planques dans un immeuble, et tu m'appelles.

— Comment ça ?

Mercier tira de sa poche un téléphone.

— Si tu as un problème, tu appuies sur ce bouton. Vas-y, essaye.

Gisèle saisit le portable et appuya sur le bouton. Immédiatement, une sonnerie retentit. Mercier sortit un second téléphone identique et décrocha.

— Tu vois, on ne va plus se quitter de l'après-midi.

Il resta avec elle jusqu'au dernier moment. En sortant, il remarqua qu'elle pleurait.

— J'ai peur.

Ces deux téléphones portables n'avaient pas été prévus par l'équipe responsable de l'opération. C'était la dernière facétie de Mercier. Il avait promis au divisionnaire de ne pas paraître sur le terrain, mais pas de se retirer de l'affaire...

En sortant de l'hôtel, Mercier se sentit un peu étrange. Comme s'il éprouvait, peut-être, un léger regret....

11
Le gnome

Tendu, le commissaire s'engouffra dans la voiture banalisée qui l'attendait.

— Comment rentre-t-on ? Vous êtes pressé ?

— Oui.

Le chauffeur, ravi de se donner ainsi un peu d'importance, démarra en faisant crisser les pneus, sirènes hurlantes, et demanda par radio l'escorte de motards. Du Sofitel Saint-Jacques, le chauffeur rejoignit le boulevard Arago. Mercier eut ainsi la vision fugitive de la prison de la Santé, à l'origine de son tourment. Dès leur arrivée, moins d'une minute plus tard, place des Gobelins, deux motards leur faisaient cortège, ouvrant la route à grands coups de sifflet. Le boulevard Arago, les Gobelins, la gare d'Austerlitz, les quais de la Seine, le paysage défilait très vite. En passant devant l'île Saint-Louis, il eut une pensée éphémère pour Julie. En moins de quatre minutes, il était Quai des Orfèvres. Les deux motards s'éloignèrent, leur devoir accompli, non sans avoir salué Mercier d'une façon toute militaire. Les choses sérieuses allaient commencer.

Il y avait encore quelques journalistes devant l'entrée, et l'un d'eux photographia la voiture de Mercier. On avait pris des risques mais, maintenant, il fallait assumer. Le divisionnaire avait transformé son bureau en camp retranché. Il ne décidait de rien mais, pour donner le change, tenait à faire semblant. Il parlait fort et s'agitait beaucoup. Un écran géant avait été installé dans son bureau, les différents véhicules étaient numérotés et signalés en bleu.

— Quand le point rouge s'allumera, ce sera Gisèle.

Effectivement, quelques instants plus tard, une petite lumière rouge apparut. Gisèle était désormais en piste.

— Elle est sur les Champs-Élysées.

Le commissaire se dégoûtait. Il avait sacrifié Gisèle, qui lui faisait confiance, à la raison d'État. Si elle prenait une balle dans la peau, Mercier se sentirait à tout jamais responsable. Mais pouvait-il faire autrement ?

— Vous venez, Mercier ?

Le divisionnaire essayait maintenant de l'associer à cette nouvelle épopée.

— Non, je vais lancer mon équipe sur Guillaume.

— Attention, je ne veux personne de la brigade dans le quartier de l'Étoile, c'est bien compris ?

— Mais oui, n'ayez aucune crainte à ce sujet.

Mercier voulait être seul au cas où Gisèle l'appellerait. Il avait une heure ou deux de tranquillité devant lui. Il lui fallait reprendre son équipe en main. Il avait mis des années à constituer ce petit noyau de flics de premier ordre, toujours prêts à aller sur le terrain. Mercier respectait ces hommes qui sacrifiaient leur vie de famille pour neutraliser quelques truands. Le métier était dangereux mais, jusqu'à présent, il n'avait pas eu un seul blessé dans son équipe.

— Alors nous, on ne fait rien !

— Vous, vous avez été en dessous de tout dans la

filature de Guillaume. Si, quand vous l'avez perdu, vous aviez eu l'idée de monter une souricière boulevard Arago, vous seriez des héros et nous n'en serions pas là aujourd'hui.

— Et maintenant, on va mettre des P.-V. dans le Quartier latin ?

— Vous le mériteriez, mais j'ai une meilleure idée.

— Quoi donc ?

— Cet après-midi, le divisionnaire est très occupé par cette affaire Dédé, ce qui va nous laisser le champ libre pour essayer de localiser Guillaume.

— Mais Dédé et Guillaume sont sûrement ensemble !

— Justement, lorsque l'on saura où est l'un, on sera tout près de l'autre.

— Mais à quoi cela nous sert-il ?

— Si jamais Dédé ne mord pas à l'hameçon de Gisèle comme prévu, je veux avoir une longueur d'avance. Guillaume, personne n'en a parlé, ni la presse, ni nous. Il risque donc de se montrer moins méfiant, croyant qu'il n'a pas été repéré. Il pourrait passer un coup de téléphone, par exemple, ce qui permettrait de le localiser. Alors vous allez pister ses parents, ses amis, ses relations, les bars où il a ses habitudes, vous me surveillez tout ça. On lâche Dédé et on met le paquet sur Guillaume. La seule exigence est d'éviter soigneusement le quartier de l'Étoile. Ah, j'oubliais, quelqu'un va au sommier pour chercher à savoir si Guillaume a un permis moto ?

— Et si le Raid attrape Dédé ?

— Cette affaire restera entre nous.

L'équipe se mit aussitôt au travail. Les hommes étaient motivés, ils avaient conscience de leurs responsabilités dans l'évasion de Dédé, et mettaient un point d'honneur à se racheter. Mercier était maintenant presque seul à l'étage, pensif, prêt à regagner son bureau lorsque Pignol entra en coup de vent.

— Ah ! Content de vous voir. J'ai reçu le rapport d'autopsie pour l'abbé Poitevin.

— Bien. Tu as appris quelque chose d'intéressant ?

— Des confirmations. Il a bien été tué d'un coup sur la tête avec le pommeau de sa canne.

— Un seul coup ?

— Oui, un seul coup, très violent. Le choc a provoqué une fracture du crâne sur le côté droit et une hémorragie cérébrale. La mort a été immédiate. Au dire du légiste et selon l'autopsie, le coup a été porté de face. La victime a donc vu son assassin.

— Mets ce rapport dans le dossier.

— Ça ne changera pas grand-chose ! s'exclama Pignol. Le divisionnaire change sans cesse d'avis sur cette affaire.

— C'est-à-dire ?

— Hier après-midi, il était d'accord pour mettre Julie en garde à vue, et maintenant il ne veut plus. Une vraie girouette.

— Ah bon ?

— Oui. Je compte sur vous pour le remettre sur les rails. Parce que moi, j'ai du nouveau. Julie connaissait très bien un peintre de l'île Saint-Louis. Elle lui servait même de modèle.

— Et alors ?

— Alors, ce peintre a été assassiné il y a neuf mois environ. Ça vous étonne, n'est-ce pas ?

— Tu n'imagines pas à quel point.

— Mes soupçons sont confirmés.

— Comme toujours, les méthodes de la nouvelle école.

Pignol fut à peine troublé par cette dernière remarque. Mercier était un pragmatique, il ne pouvait qu'être d'accord avec ses déductions.

— Vous allez comprendre... Dans cet assassinat du peintre, l'alibi de Julie a été fourni par l'abbé. Cette fille, c'est Machiavel... Peut-être avec la complicité de la vieille Mme Malgoire, parce que toutes les deux, ce sont deux grenouilles de bénitier, elles se soutiennent ! De vraies sorcières !

— Tu as des preuves ?

— L'abbé aurait pu mentir pour couvrir Julie.

— L'abbé était déjà voyeur, maintenant le voilà menteur. Il est l'expression de tous les péchés, celui-là.

— Justement. Une fois qu'il l'avait couverte, le curé pouvait tout lui demander... Je vous répète que tout se tient. J'ai maintenant ce qu'il faut pour obtenir une mise en garde à vue en bonne et due forme, vous ne pensez pas ?

— Peut-être.

Pignol comprit enfin que Mercier restait sceptique.

— L'autopsie étant terminée, peut-on rendre le corps à l'archevêché ? Ils voudraient célébrer la messe d'enterrement demain, et souhaitent placer le corps dans la sacristie en attendant.

— Je crois que rien ne s'y oppose. Qu'en penses-tu ?

— Moi, je m'en fous. Mais Julie a prévu de jouer du violon en l'honneur de l'abbé lors de cette messe. Si vous étiez d'accord, vous pourriez faire changer d'avis le divisionnaire, et on viendrait la chercher pendant la cérémonie pour l'interroger. Le choc psychologique favoriserait peut-être les aveux.

— Et si elle est coupable, le commandant Pignol apparaîtra comme un enquêteur de génie...

— Vous le pensez réellement ?

— Laisse-moi finir. Car si, au contraire, le commandant Pignol se trompe... De quoi aura-t-il l'air avec une arrestation dans une église, en pleine messe, devant une foule de fidèles venus se recueillir près d'une dépouille victime d'un crime abominable ?

— Mais...

— Il aura l'air d'un Rantanplan.

— C'est quoi, un Rantanplan ?

— C'est un chien.

— Un chien ?

— Oui, c'est dans un livre.

— Ah, vous savez, la littérature et moi...

— Oui. C'est comme le latin.

Pignol n'avait manifestement pas compris le caractère perfide de ces remarques. Mais il avait compris que Mercier ne partageait pas ses conclusions.

— Je peux vous poser une question indiscrète ? reprit-il.

— Mais bien sûr, mon petit Pignol.

— Pourquoi êtes-vous opposé, vous aussi, à cette garde à vue ?

— Mais, mon petit Pignol, tout simplement parce que, quand la police confond les victimes avec les coupables, elle marche sur la tête. Et là, je peux te dire que c'est le cas.

— L'avenir nous le dira. Quoi qu'il en soit, aujourd'hui, j'ai interrogé à nouveau cette vieille Mme Malgoire. Elle sait certainement beaucoup de choses, y compris sur ce peintre dont elle ne m'avait pas parlé. Je lui ai annoncé que Julie serait prochainement placée en garde à vue. Elle était terrifiée. Mais ça va peut-être la décider à faire des confidences. Parce que, vous aurez beau dire et beau faire, avec le dossier que j'ai maintenant, je vais bien finir par l'obtenir, cette garde à vue.

— Toujours le bon vieux principe du coup de pied dans la fourmilière ?

— Oh, vous savez, monsieur le commissaire, moi j'ai le bon sens paysan de mes ancêtres, je ne crois que ce que je vois, et mon raisonnement repose sur le concret. Alors, vos sarcasmes, vous pouvez les garder pour vous.

— Tandis que moi, avec l'esprit tordu des flics de l'ancienne génération, j'argumente sur de l'abstrait ?

— Voilà, c'est un peu ça. De toutes les façons, aujourd'hui, j'ai l'impression que ce n'est pas votre jour... Le divisionnaire semble vous avoir demandé de vous tenir en retrait, non ?

— Dis-moi Pignol, tu t'y connais en météo ?

— Mais...

— Eh bien, dans une enquête, c'est un peu la même chose.

— Comment ça ?

— Si tu veux éviter de prendre l'orage sur la gueule, il vaut mieux sentir quand le vent change de direction.

— Donnez-moi au moins un argument pour renoncer à cette garde à vue !

— Pour commencer, mon petit Pignol, on ne tue pas quelqu'un qui vous fait vivre et qui vient de vous faire cadeau, devant notaire, du rêve de votre vie. Ça, c'est pour le peintre. Sans compter que l'on ne vole pas des bijoux sans avoir un réseau pour les revendre, ce qui n'est pas le cas de Julie. Pour l'abbé, c'est pareil : il l'avait recueillie, et lui donnait l'occasion d'exister pleinement avec sa musique et son violon. Cette misérable histoire de salle de bains, cela ne représentait pas grand-chose pour Julie...

— Pour Julie, peut-être, mais pour l'abbé...

— Balivernes ! Elle se laissait regarder sous toutes les coutures par son peintre des heures durant. Qu'est-ce que ça changeait que le curé la regarde un peu le soir ?

Pignol avait pris un air hébété, et restait sans réponse. Mercier eut brusquement une inspiration :

— Tu m'as bien dit que le coup avait été porté de face, sur le côté droit de la tête ?

— Oui. Fracture de l'os pariétal droit, selon le rapport du légiste.

— Ce qui signifie que le coup a été porté de gauche à droite ?

— Oui.

— Et donc que le meurtrier est un gaucher, car, pour frapper quelqu'un de face de gauche à droite, il faut tenir l'arme de la main gauche...

— Peut-être.

— Non, sûrement ! Est-ce que Julie est gauchère ?

— Je n'en sais rien.

Pignol, vexé, haussa les épaules et sortit en claquant la porte.

Le commissaire, enfin tranquille, regagna discrètement son bureau. S'il avait trouvé le point faible de l'argumentation de Pignol, il en reconnaissait néanmoins les points forts. Mercier l'avait neutralisé pour un jour ou deux, ce qui lui laissait le temps de régler le cas de Gisèle, plus urgent. Il sortit le téléphone portable et le posa devant lui. C'était son arme secrète, sa dernière pirouette, sa façon à lui de participer à l'opération... Mais il restait prisonnier d'une profonde inquiétude. Son camélia, sur le rebord de la fenêtre, avait soif. Toutefois, la fleuriste de sa femme lui avait bien dit de ne pas trop l'arroser, de se contenter d'une légère brumisation, ce qu'il fit presque religieusement. Il était déjà 16 heures et, excepté un café dans la chambre d'hôtel de Gisèle, il n'avait rien pris depuis le petit déjeuner. Le commissaire avait peur pour la jeune femme... Les gars du Raid étaient certes des professionnels bien entraînés, mais il y avait les dangers de la rue, la foule, le trafic, et le hasard... Persuadé qu'il aurait pu mener cette affaire à bien avec son équipe, il rongeait son frein en silence. Le temps passait... Il somnolait, les yeux mi-clos, lorsque le téléphone sonna.

— Allô ! Commissaire Mercier ?

— Oui ?

— C'est la loge à l'entrée. Il y a quelqu'un qui insiste pour vous voir.

— À quoi ressemble cette personne ?

— C'est une vieille femme rabougrie, voûtée, assez maigre...

— Qu'est-ce qu'elle veut ?

— Elle dit que c'est en rapport avec l'affaire de l'île Saint-Louis. Elle affirme que c'est très important. C'est vous qu'elle veut voir, elle refuse de parler au commandant Pignol.

— Fais-la monter, vite.

Quelques instants plus tard, Mme Malgoire entrait dans le bureau de Mercier, les cheveux ébouriffés, l'air triste mais décidé. Elle avait le regard de rapace que Mercier avait déjà remarqué mais ses mains tremblaient légèrement.

— Bonjour, commissaire Mercier. C'est bien vous qui êtes en charge de l'affaire de l'abbé Poitevin ?

— Oui. Asseyez-vous.

— Je viens me constituer prisonnière.

— Pour quelle raison ?

— C'est moi qui ai tué l'abbé.

Mercier n'en croyait pas ses oreilles. C'est Pignol qui allait être surpris ! Mme Malgoire attendait. Son visage s'était détendu, comme si cet aveu l'avait apaisée.

— C'est bien beau tout cela, Mme Malgoire, mais moi, j'ai besoin de comprendre. Pourquoi l'avez-vous tué, vous, une paroissienne si fervente ?

— Nous nous étions disputés.

— À quel sujet ?

— Au sujet de Julie.

— Mais encore ?

— C'est que c'est difficile à dire... Je ne trouve pas les mots... C'est...

— Serait-ce au sujet de la salle de bains ?

— Ah ! Vous savez déjà !

— Oui. Julie l'a raconté au commandant Pignol.

— Ce commandant Pignol ! Il a des manières...

— Vous savez, dans la police, seul le résultat compte.

— Non, commissaire. Je vous ai bien observé à l'église, lundi dernier. Avec vous, c'est différent, on sent comme une chaleur humaine, une compréhension... Alors qu'avec votre collègue... Ses questions sont presque toujours extrêmement vulgaires.

— Ne vous dispersez pas, Mme Malgoire. Alors, vous vous êtes disputée avec l'abbé, parce qu'il regardait un peu trop Julie dans la salle de bains.

— Oui, en effet.

— Et pourquoi ce dimanche-là en particulier, alors que ce manège durait depuis plusieurs mois ?

— Parce qu'un jour on a le courage de dire ce qu'on a sur le cœur. On accumule les griefs en silence longtemps, puis, sans raison particulière, on explose. Il a fallu que ce soit ce dimanche-là...

— Et vous l'avez tué ?

— Oui.

— Comment ?

— J'ai pris sa canne et j'ai frappé de toutes mes forces. J'ai tapé, tapé comme une folle.

— De nombreux coups ? Combien ?

— Je ne sais pas... Une douzaine peut-être, je n'ai pas compté.

— Vous auriez dû.

— Ah ? Pourquoi ?

— Montrez-moi comment vous avez fait.

De la main droite, Mme Malgoire saisit une règle et frappa violemment le bureau de Mercier.

— Comme ça !

— Mme Malgoire, vous savez comment ça s'appelle, ce que vous êtes en train de faire ?

— Oui. Des aveux.

— Non, Mme Malgoire, ça s'appelle outrage à magistrat dans l'exercice de ses fonctions. L'abbé Poitevin a été tué d'un seul coup, sur le côté droit de la tête, pas sur le côté gauche comme vous venez de le mimer.

La vieille femme s'effondra en sanglots.

— Votre abominable commandant Pignol m'a dit que Julie allait être mise en garde à vue, qu'il était même possible que la police vienne l'arrêter pendant la messe d'enterrement, demain après-midi ! Vous vous rendez compte...

— Mme Malgoire, il faut comprendre un peu la police. Nous avons bien des raisons de suspecter Julie, qui devait quand même accepter d'étranges choses de la part de l'abbé !

— Elle n'aimait pas ça, bien sûr. Mais elle ne lui en voulait pas vraiment. Elle prenait la chose un peu comme un hommage à sa beauté. Elle me disait souvent qu'elle aurait préféré être laide...

— C'est vous qui le dites. Et puis, il y a cette histoire de peintre assassiné il y a quelques mois. Vous deviez le connaître ? N'est-ce pas lui qui a offert à Julie son nouveau violon ?

— Ah ! le violon de malheur... C'est depuis qu'il est dans la maison que tout va mal.

— Répondez à ma question. Vous connaissiez l'existence de ce peintre ?

— Bien sûr. Il était fou de Julie. C'était son modèle préféré.

— Lui aussi, il la regardait nue...

— Lui, c'était différent. C'était son métier.

— Et Julie, ça ne la gênait pas ?

— Si. Elle avait toujours refusé de poser nue. Jusqu'au jour où il lui a proposé ce violon, en échange.

— Elle a alors accepté...

— Oui. Pour son plus grand malheur. Ce violon, c'est pire que le diable.

— Mais pour quelle raison ne nous avez-vous pas parlé de ce peintre ? Un mensonge par omission, c'est important, aux yeux de la police.

— On avait peur que vous fassiez le rapprochement.

— Eh bien voilà, maintenant, c'est fait. Vous êtes bien avancées, toutes les deux. Qu'est-ce qui vous a pris de vouloir vous accuser d'un crime que vous n'avez pas commis ?

— Julie m'a dit ce matin que si on la séparait de son violon, elle se jetterait dans la Seine ! Voilà à quoi il aurait abouti, votre grossier commandant ! Il aurait une mort sur la conscience et moi, à mon âge, j'en serais morte de chagrin. Deux innocentes de moins sur cette terre ! Si elle voulait un violon, Julie, elle n'avait qu'à me le demander, je lui en aurais acheté un. Mais elle est tellement fière, elle ne demande jamais rien à personne...

— Mme Malgoire, ce violon est un stradivarius. Il vaut un million d'euros.

— Un stradivarius ? répéta Mme Malgoire, incrédule. Vous êtes sûr ?

— Oui, j'en suis certain. Nous avons retrouvé la date de la vente à Drouot et le nom du peintre qui l'a acheté. Il a été donné à Julie tout à fait légalement, devant notaire.

— Excusez-moi... Je ne savais pas tout cela... Je comprends certaines choses maintenant.

— Quoi, par exemple ?

— Pourquoi Julie disait toujours tant de bien de ce peintre ! Avec ce violon, il avait réalisé le rêve de sa vie. La musique, c'est tout pour cette enfant.

— Parce que vous croyez que c'est encore une enfant ?

— Vous savez, ma vieillesse me joue des tours, et je prends parfois mes rêves pour des réalités...

— C'est dangereux. Julie plaisait aux hommes, Mme Malgoire.

— Oui, je m'en aperçois maintenant. Mais ce n'est pas de sa faute si la nature l'a faite si belle. Elle n'a jamais rien fait pour provoquer qui que ce soit.

Mercier sentait que Mme Malgoire disait la vérité, et que la menace de suicide de Julie devait être prise très au sérieux. La vieille femme s'agitait sur son siège. Désormais, elle voulait sortir au plus vite, rentrer rue Poulletier retrouver Julie. Mais quelles étaient les intentions du commissaire ?

— Qu'est-ce que vous allez faire de moi maintenant ?

— Il va falloir m'en dire un peu plus, sinon, moi, je vous garde.

— Que voulez-vous savoir ?

— Mais tout, Mme Malgoire. Et particulièrement, la vérité sur ces deux crimes de l'île Saint-Louis. Je ne crois pas aux coïncidences : ces deux affaires sont liées.

— Vous pensez sincèrement que je sais la vérité ?

— Oui.

— Aidez-moi... Qu'est-ce que vous voulez savoir ?

— Dans cette histoire de violon, il y a d'un côté la musique, mais de l'autre, il y a tous ces hommes qui tournaient autour de Julie.

— Qui ?

— D'abord, ce peintre. Il lui a quand même offert un instrument extraordinaire...

— C'était pour la payer de ses poses dans son atelier du quai d'Anjou.

— Vous en connaissez beaucoup, vous, des peintres qui paient leurs modèles un million d'euros ?

— Il était milliardaire. Et il vendait ses toiles incroyablement cher...

— Et puis l'abbé Poitevin. Que pensez-vous de ces séances dans la salle de bains ?

— Il ne l'a jamais touchée.

— C'est pas comme le gitan.

— Un sale type, celui-là. Quand je pense que vous allez le libérer ! Elle est belle, la justice !

— Mais Julie l'aimait...

— Oui, vous avez raison. Et pourtant, je ne vois vraiment pas ce qu'elle pouvait bien lui trouver.

— Et puis il y a ce Jean...

— Il aurait fait un très beau parti... Un garçon bien élevé, gentil, travailleur...

— Oui, mais Julie avait d'autres idées en tête, d'autres projets. Et c'est de ça qu'il va falloir me parler, avant que je me fâche...

— Vous savez, ce qui caractérise Julie, c'est son caractère énigmatique.

— Oui, mais moi, je suis payé avec les impôts des Français pour les résoudre, les énigmes. Et puisque vous êtes là, Julie est-elle droitière ou gauchère ?

— Droitière. Écoutez, à vous, je vais dire la vérité, mais...

C'est alors que le téléphone se mit à sonner. C'était Gisèle.

— Gisèle ?

— C'est moi. Tout a foiré. Dédé m'a tiré dessus... Je suis blessée. Ce n'est pas grave, juste une égratignure, mais il y a eu des échanges de coups de feu, il y a peut-être des blessés. Il est en moto, et s'enfuit vers la place de la Concorde. Plusieurs voitures le suivent, ça s'agite dans tous les sens... J'ai peur.

— Où es-tu ?

— Au rond-point des Champs-Élysées. Planquée dans une entrée d'immeuble.

— Éteins ton GPS.

— C'est fait.

— Tu prends le métro ou un taxi, et tu rappliques

immédiatement. Je t'attends à l'entrée. Dépêche-toi, il faut te trouver une planque !

Mercier avait coupé la communication et regardait Mme Malgoire, aussi immobile qu'une statue.

— Un problème, commissaire ? interrogea-t-elle d'une voix très douce, presque amicale.

— Oui.

— Est-ce que je peux vous aider ?

— Non, sûrement pas. Rentrez chez vous.

Mme Malgoire fixait Mercier.

— Et si vous lui disiez de venir dormir rue Poulletier, à cette Gisèle, le temps que vous lui trouviez un autre endroit ? Si elle est blessée, je peux la soigner.

Mercier était interloqué.

— Vous feriez cela ?

— Oui.

Mercier rappela Gisèle :

— Contrordre. Tu vas rue Saint-Louis-en-l'Île... Il y a là une église. Une dame très gentille t'y attendra pour te planquer. Tu la suis. Je viendrai ce soir.

— C'est où, cette rue ?

— Le glacier Berthillon, tu connais ?

— Bien sûr, les meilleurs sorbets de Paris !

— C'est cette rue-là. Fais vite, si ta blessure est légère, prends le métro plutôt qu'un taxi.

Mercier raccrocha, et expliqua en quelques mots à la vieille femme :

— Cette Gisèle est recherchée par le détenu qui s'est échappé mercredi matin de la prison de la Santé. Il est dangereux. Il veut la tuer. Vous vous enfermez à double tour, vous tirez vos volets, et vous n'ouvrez à personne sous aucun prétexte. C'est bien compris ? Gisèle peut me joindre à tout moment avec son téléphone.

— Je vais la soigner. J'étais infirmière, dans le temps. Nous vous attendrons ce soir, je vous ferai à dîner. Tenez, prenez la clef, j'en ai un double. Cette Gisèle, c'est votre Julie à vous, et vous n'avez pas été capable de la protéger...

— Mme Malgoire, ce n'est pas le moment de me faire la morale.

12

La galerie de peinture

La petite dame voûtée partie, le commissaire entra dans le bureau du divisionnaire qui grouillait de monde : le Raid, le ministère, tous étaient mobilisés. L'excitation était à son comble. Mercier se mêla discrètement à l'assistance. Le divisionnaire, furieux, vomissait des injures, invectivant sans répit les politiques et la hiérarchie.

— Quelle bande d'incapables ! Y a-t-il des blessés ? Mais où est donc passée cette petite pute de Gisèle ! Le point rouge est éteint ! Il ne marche pas, leur bazar... Ah, vous voilà, Mercier, on vous cherchait. Mais où il est, le point rouge ? Il s'est éteint !

— Je n'étais pas bien loin...

— Quelle garce, votre protégée ! Elle a complètement disparu !

— Elle a eu peur. Mettez-vous un peu à sa place.

— Évidemment. Une moto est arrivée. Avec les casques, on n'a reconnu personne. Le passager arrière a fait feu sur Gisèle sans sommation. C'était sans doute Dédé. Gisèle doit être blessée, mais son GPS ne marche plus. Vous voyez, Mercier, il n'y a plus de point rouge sur l'écran.

— Et vos fameux spécialistes ?

— Ils étaient à moins de 100 mètres. Ça s'est passé très vite !

— Je croyais qu'ils étaient entraînés...

— Dédé était en moto, et eux, en voiture.

— C'était perdu d'avance !

— La moto a pris un sens interdit. Dédé a tiré sur tout ce qui bougeait. On les a perdus dans la circulation. Avec tous ces embouteillages...

— J'avais bien dit que c'était dangereux.

— Ah, c'est facile de me faire des reproches maintenant !

— Je vous avais proposé de tenter le coup avec mes hommes. Ils sont habitués à travailler au milieu de la foule et du trafic parisien.

— Mais vous savez bien que cette mission a été pilotée par le ministère !

— Eh bien, c'est à eux qu'il faudra s'en prendre...

— S'il y a des blessés, ça va faire du grabuge.

— Vous serez peut-être invité au journal télévisé. Vous qui adorez ça...

— Oui, mais ce soir, je préférerais l'éviter, voyez-vous !

— Vous ne risquez rien. Le ridicule ne tue pas.

Brusquement, le divisionnaire comprit que Mercier se moquait ouvertement de lui. Comment pouvait-il se permettre une telle attitude ? Pourquoi n'était-il pas plus inquiet du sort de sa protégée ? Et s'il savait où se trouvait Gisèle ?

L'agitation s'était peu à peu dissipée. Personne n'assumait la responsabilité de cet échec, et chacun ne songeait plus qu'à regagner son bureau. Celui du divisionnaire se vida comme par enchantement. Par chance, et malgré les nombreux coups de feu, il n'y avait pas de blessé. Mais Gisèle restait introuvable.

— Enfin, où est-elle ? Vous avez une idée, Mercier ? On a retrouvé du sang sur le trottoir...

— Faites donc la tournée des hôpitaux. Elle est peut-être blessée.

— On peut toujours essayer, répondit le divisionnaire. Mais je n'y crois pas trop. Il l'a ratée... Comment expliquer cela ? Pour un braqueur professionnel, manquer ainsi sa cible...

— Vous savez bien que Dédé utilisait une arme non chargée lors de ses braquages. C'était son côté don Quichotte. Mais aujourd'hui, il réglait une affaire d'honneur.

— Vous voulez dire que pour Dédé, ce coup de feu, c'était comme qui dirait un baptême ?

— Oui. C'est certainement pour ça qu'il l'a manquée. On l'a échappé belle !

Mercier ne voulait pas que le divisionnaire remarque à quel point il était pressé de quitter son bureau. Il écouta donc un moment les avis inutiles des derniers enquêteurs restés chez le divisionnaire. Gisèle était à l'abri, mais la nuit allait être longue. Rien ne devait révéler la planque de la jeune femme : Dédé n'hésiterait pas à risquer sa vie pour atteindre son but. Mais qui pourrait faire le rapprochement entre la venue de Mme Malgoire, et Gisèle ? Personne. Seule une coïncidence avait permis que les deux affaires se recoupent. Vers dix-neuf heures trente, il n'y avait plus que Mercier dans le bureau du divisionnaire.

— On a eu chaud ! dit celui-ci.

— Peut-être moins que Gisèle.

— On a évité le pire. Dites-moi, Mercier, vous savez où elle se trouve...

— Écoutez, monsieur le divisionnaire. Sans vouloir vous manquer de respect, je crois que vous avez fait assez de conneries pour aujourd'hui. Je vous conseille de rentrer chez vous...

— Vous pensez retrouver Dédé ?

— Si on me fout un peu la paix, sans aucun doute.

L'entretien était terminé.

Le commissaire remonta dans son bureau, ouvrit différents tiroirs ainsi qu'un petit placard où il rangeait des papiers. Il cherchait son arme de service, en vain. En effet, Mercier n'était jamais armé, et son équipe le lui reprochait souvent. Il ne s'entraînait plus depuis des années. Enfin, il dénicha l'objet, caché sous un dossier. Il vérifia que le magasin était chargé, fit fonctionner le cran de sûreté et la culasse. Dédé n'avait pas hésité à tirer sans sommation. Il était donc dangereux. Pour protéger Gisèle, autant être muni d'une arme à feu. Une fois dehors, il obliqua à gauche sur le quai, traversa vers Notre-Dame, prit le petit square qui longe la cathédrale, et se dirigea vers l'île Saint-Louis. Il se retourna plusieurs fois pour vérifier qu'il n'était pas suivi. Son téléphone portable était dans sa poche. Gisèle n'avait pas appelé : la blessure devait être sans gravité.

Dédé n'échapperait pas longtemps aux multiples pièges qui lui étaient tendus. Un jour ou deux, tout au plus. Mercier tentait d'évaluer le danger : Gisèle pouvait-elle avoir été vue avec Mme Malgoire ? Certainement pas plus de quelques secondes. Et si Pignol venait interroger Julie rue Poulletier, et découvrait la jeune femme ? Non, il était trop tard pour ce soir. Et le lendemain, il y avait l'enterrement de l'abbé Poitevin... Gisèle ne devait pas rester seule une minute. Mercier décida de ne pas la quitter d'une semelle. Il en profiterait pour faire avancer l'enquête du peintre. Cependant, le statut de Mme Malgoire avait changé.

Le commissaire était maintenant son obligé. Accepterait-elle de lui faire encore quelques confidences ? Le laisserait-elle interroger Julie ? Les rapports de force étaient moins nets, désormais. Et pourtant, avant que Gisèle ne l'appelle, la vieille femme était prête à parler, il l'avait bien senti. Tout était à reprendre...

Aux yeux de Julie, seuls comptaient la musique et le violon. Cependant, pour parvenir à ses fins, elle avait accepté de se soumettre aux désirs du peintre dont elle était le modèle. Il y avait eu un troc artistique : musique contre peinture. Cela justifiait-il un crime ? Non, puisque chacun trouvait son compte dans cet échange. « Musique », « peinture », « musique », « peinture », ces mots résonnaient dans la tête de Mercier. La solution était à portée de main... Il butait cependant, comme Pignol. Un chaînon manquait, un détail... Le grain de sable qui avait transformé le rêve en cauchemar.

Rue Saint-Louis-en-l'Île, il s'arrêta devant la galerie du peintre assassiné. Malgré l'heure tardive, elle était ouverte. Il entra. Plusieurs toiles signées étaient exposées, mais aucune ne représentait Julie. Bizarre...

Il présenta sa carte tricolore au directeur.

— Je croyais cette affaire classée. Vos collègues sont déjà venus plusieurs fois ces derniers mois. J'ai dit tout ce que je savais. On cherche toujours ?

— Oui. C'est vous qui êtes chargé de vendre ses toiles ?

— Oui. J'ai un contrat avec le notaire qui s'occupe de la succession. J'organise une exposition à New York pour octobre. Depuis sa mort, sa cote monte de jour en jour. Alors je ne me presse pas...

— Il y en a pour combien ?

— Une petite fortune. Les toiles que vous voyez ici sont assez anciennes. Son style a beaucoup évolué. Les dernières œuvres sont plus intéressantes, sur le plan artistique. Vous voulez les voir ?

— Oui.

Mercier gardait un ton neutre. Savait-il lui-même ce qu'il cherchait ? Le directeur était enchanté de montrer ses trésors. Il conduisit le commissaire dans sa réserve, commentant le milieu artistique, la peinture, les fluctuations de prix, le dur métier de galeriste, qui doit faire découvrir les peintres qu'achèteront demain les musées, un travail d'intérêt artistique général, en quelque sorte...

— On nous dit intéressés uniquement par l'argent, et nous passons pour de grands manipulateurs, alors que seule la qualité artistique de la peinture nous anime. Nous sommes des chasseurs de talents... Ah, voilà ses dernières peintures !

Le directeur retourna les toiles. Mercier reconnut Julie.

— Vous voyez, ce sont tous des nus. On voit bien la différence de style avec les tableaux exposés dans la galerie. Vous remarquerez comme, dès ses débuts, il a déjà le sens de la lumière, le coup de pinceau pour l'harmonie des courbes, le goût du contraste pour les couleurs, et un vrai génie du relief. Mais la peinture de cette période est froide, les personnages sont comme des natures mortes. Ici, c'est le contraire, c'est la vie, c'est beaucoup plus chaud, on ressent l'émotion du maître, on devine ses sentiments, au-delà des fantasmes exprimés...

Mercier ne voyait que Julie, exhibée, pliée, cambrée,

retournée, écartée, courbée, parfois même comme crucifiée, mais toujours souriante et, comme l'avait dit Mme Malgoire, énigmatique.

— Vous voyez l'expression du visage ?

— Oui. Énigmatique...

Le directeur s'arrêta un instant de parler, étonné par l'adjectif de Mercier.

— Je vois que vous êtes connaisseur ! « Énigmatique », c'est le mot juste. Une qualité très difficile à exprimer. Pour un peintre, la peau est un terrible défi. Trop claire, et ça devient fade, trop mate, les traits se durcissent... C'est très subtil. Peu de modèles ont une telle qualité de peau !

Mercier regardait les toiles. Il fallait le faire parler de Julie.

— Le mythe de Vénus ? dit-il d'un ton faussement détendu.

— Oui, ou d'Aphrodite, c'est comme vous voulez.

— Quelle est la différence ?

— Vénus était la déesse de l'Amour des Romains, et Aphrodite, celle des Grecs. À l'époque, on ne plaisantait pas avec les divinités... Les dieux d'alors faisaient rêver. Ce n'est pas comme aujourd'hui ! Vénus pouvait être tantôt chaste, tantôt mutine...

— Sur cette toile, elle est avec un homme...

— Oui, c'est Mars, le dieu de la Guerre, père de Romulus et de Remus. On voit bien la mise en scène du désir.

— Il a un visage assez typé...

— Oui... Un Tzigane, peut-être ?

— Ou un gitan ?

— Possible.

— Et le violon ?

— On le retrouve sur presque toutes les toiles. Regardez, dans ce tableau, c'est le violon qui fait l'amour à Vénus. Distinguez l'expression du visage.

— L'extase ?

— Oui, exactement. Voyez la beauté et la grâce de la séduction, mêlées à une savoureuse obscénité.

— Et là, ce personnage laid et boiteux, entouré de flammes rouges ?

— C'est Vulcain dans sa forge, le fils de Jupiter et de Junon. Je pense que c'est un autoportrait.

— Un autoportrait du peintre ?

— Oui. Ce sont ses dernières toiles, et sans nul doute les plus belles. La femme est à la fois idéalisée, mais soumise avec une grande violence au désir. Remarquez les couleurs, par endroits le caractère criant d'un rouge ou d'un bleu estompe la vulgarité de la pose, et ailleurs, au contraire, la chaleur d'un jaune adoucit une forme qui aurait pu être carrément pornographique. Ces toiles vont prendre une immense valeur. Bientôt, elles seront dans les plus grands musées du monde. Je m'en réserve du reste une ou deux : c'est ainsi que je me paie, c'est entendu avec le notaire.

— Vous gardez ces toiles précieusement dans votre réserve, sans les exposer... Pour étonner, le moment venu, les collectionneurs ?

Le directeur sursauta, gêné.

— C'est-à-dire que... pas tout à fait...

— Je vous écoute.

Il hésitait à répondre. Finalement, dans un murmure :

— Je n'ai pas l'autorisation de les exposer.

— Le peintre vous l'a refusée ?

— Non, au contraire ! Lui, il aurait montré son modèle partout. Il était fou d'elle.

— Mais qui est ce modèle ?

— Une violoniste. Une certaine Julie. Je la vois tous les jours passer devant la galerie, mais elle n'est jamais entrée, et ne m'a jamais adressé la parole. Elle habite rue Poulletier. Elle joue de la musique à l'église, en face.

— Alors, qui vous interdit d'exposer ces toiles ?

— La propriétaire des murs. Un jour, j'ai exposé une de celles que vous venez de voir. Je n'oublierai pas la date, c'était la veille du jour où le peintre a été assassiné. Une foule incroyable se pressait dans la galerie. Je n'avais jamais vu une toile provoquer une chose pareille... Le soir, la propriétaire est venue et m'a ordonné de retirer la toile, sous peine de m'expulser.

— Et alors ?

— J'ai un bail précaire. Je n'ai pas acheté le droit de maintien dans les lieux. Le contrat l'autorise à m'expulser à n'importe quel moment. En échange, je paie un loyer très modéré. Ce qui est précieux dans ce quartier... J'ai dû m'exécuter.

— Le nom de cette propriétaire ?

— Mme Malgoire. Vous connaissez la suite... Le lendemain, le peintre était assassiné. Bizarre coïncidence...

— Vous l'avez dit à la police ?

— Non. On ne m'a jamais posé de questions sur ce point.

13

Romanée-Conti

Mercier était abasourdi. La tête lui tournait. Maintenant, il avait tous les éléments du puzzle en main. Il n'avait plus qu'à les assembler tranquillement pour résoudre l'énigme de deux crimes abominables, celui d'un peintre amoureux fou de l'anatomie de son modèle, et celui d'un abbé idolâtrant un corps angélique inaccessible. Peu à peu, les choses s'éclaircissaient. Il n'y avait pour les deux affaires qu'un seul assassin, animé d'un même mobile. Un violon extraordinaire régnait sur la vie de trois personnes. Pour Julie, c'était le bonheur sur terre. Pour le peintre, un moyen de s'offrir une muse. Pour l'abbé, une transition entre le désir charnel et le royaume céleste. Mercier entra dans un bistrot boire un verre de vin.

L'église sonnait la demie de 20 heures lorsqu'il poussa le lourd portail de la rue Poulletier. Le lieu du crime. Il gagna en silence la petite maison de Mme Malgoire, au fond de la cour, sortit la clef de sa poche et, délicatement, ouvrit la porte d'entrée. La serrure était ancienne, fragile, et le verrou de mauvaise qualité. N'importe quel petit truand en viendrait rapidement à bout. On entrait ici comme dans un moulin.

Il faisait sombre dans la maison. Tous les volets

étaient fermés. Mme Malgoire, prudente, avait respecté les consignes de sécurité. Le commissaire immobile, s'habituait lentement à l'obscurité. À sa droite, une salle à manger dotée d'une table en merisier, où trônait un couvert. Dans un recoin, un bureau, un fauteuil en cuir, un guéridon, surmonté d'un vieux poste de radio. Sans doute l'abbé vivait-il ici. Sans doute avait-il écrit ici ses sermons, parlé ici avec Julie et Mme Malgoire. Et c'était également ici qu'il avait rencontré la mort. Une bonne odeur de pommes de terre rissolées indiquait la cuisine, sur sa gauche. Au fond, une porte entrebâillée laissait deviner la chambre et un grand crucifix au-dessus du lit. Manifestement, il n'y avait personne au rez-de-chaussée. Où était donc Mme Malgoire ? Le commissaire poursuivit son inspection. Il aimait découvrir le théâtre d'un crime. Les murs avaient entendu, les meubles avaient vu, le canapé, le fauteuil étaient des témoins silencieux. Il respirait l'ambiance réelle de l'affaire, loin du dossier qui faisait les délices de Pignol et de ses nouvelles méthodes. Soudain il entendit un murmure, comme un éclat de rire juvénile et frais, depuis le premier étage. Il monta l'escalier lentement, et découvrit la fameuse salle de bains. Gisèle et Julie jouaient sous la douche, se savonnant mutuellement, rayonnantes dans la lumière. Les corps fins et les courbes harmonieuses se confondaient avec le marbre rose. Mercier était subjugué. Le spectacle lui rappelait les tableaux qu'il venait de voir, mais avec le charme de la vie, du mouvement... Les deux Vénus offraient chacune un aspect différent de la beauté : l'une ronde et gracieuse, l'autre fine et élancée.

— Ah, vous voilà ! lança Gisèle.

Ni surprise ni effrayée, elle s'enroula maladroitement dans une minuscule serviette. Mais Julie, passive, ignora le commissaire.

— Regardez ce que Dédé m'a fait ! dit Gisèle en désignant une longue éraflure à l'épaule.

— Une égratignure, rétorqua Mercier qui s'efforçait de masquer son trouble.

— Une égratignure ! J'ai quand même pas mal saigné ! Sans compter qu'il aurait pu me tuer, ce con ! Grâce à vos idées de génie, je pourrais être en compagnie de saint Pierre, moi, en ce moment...

— Te connaissant, tu tenterais de lui faire du charme, à ce pauvre apôtre.

Elle haussa les épaules et se tourna vers Julie.

— C'est le commissaire Mercier.

Julie esquissa un sourire, sortit de la douche, prit lentement un peignoir et dit :

— Bonjour, monsieur.

— Vous êtes venu assurer ma protection ? demanda Gisèle.

— Oui.

— Vous ne me quittez plus, alors ?

— Non. On va retrouver Dédé.

— Je ne suis plus la cible de personne ?

— Non, tout ça c'est fini.

— Tant mieux. Vous savez, j'ai eu tellement peur !

Une clé tourna dans la serrure, au rez-de-chaussée. Mercier mit la main à sa poche, et Gisèle comprit qu'il était armé.

— C'est Mme Malgoire. Elle était sortie vous chercher du pinard. À cette heure-ci, elle a dû avoir du mal à en trouver. Je lui avais dit que vous étiez un connaisseur, elle a voulu vous faire plaisir.

Effectivement, Mme Malgoire apparut en bas de

l'escalier, un cabas à la main. Elle croisa le regard de Mercier et, l'air réprobateur, sans un mot, s'enferma dans la cuisine. Mal à l'aise, le commissaire regagna la salle à manger. Il attendit là un bon quart d'heure, avant que Mme Malgoire vienne le voir et lui demande :

— L'entrecôte, vous aimez ?

— Oui.

— Quelle cuisson ?

— Bleue.

— Vous avez raison, c'est la meilleure, dit-elle en souriant.

La glace était rompue.

— Mettez-vous à l'aise, le dîner est presque prêt.

— Mais, il n'y a qu'un couvert ?

— Les filles mangeront en haut.

— Et vous ?

— À mon âge, on mange peu le soir. J'ai déjà pris mon potage, mais je vais vous tenir compagnie, si vous le voulez bien.

— Vous avez fermé la porte d'entrée à clef ?

— Oui. J'ai même laissé la clef dans le verrou.

— La serrure n'a pas l'air très solide...

— Elle est comme moi, elle est vieille et je ne pouvais pas deviner. Pour ce soir, on sera bien obligé de faire avec. J'ai fermé tous les volets, personne ne pourra entrer par les fenêtres. Il n'y a que cette porte, et vous êtes là. La situation pourrait être pire.

— Ne vous inquiétez pas.

— Vous m'excuserez, je monte un instant refaire le pansement de la petite. J'en ai pour une minute. La blessure est superficielle, mais elle a beaucoup saigné. Je reviens.

Le commissaire était désormais presque détendu.

La nuit tombait sur Paris. Il n'avait pas prévenu sa femme de son retard. Du reste, rentrerait-il ? Il était déjà tard...

— Voilà, maintenant que le pansement est fait, je m'occupe de votre entrecôte. Je vais vous faire une sauce... Il y a aussi des pommes de terre, une recette du Périgord, vous m'en direz des nouvelles...

— Je ne voudrais pas abuser...

— Ah, ce n'est pas tous les jours que je fais un bon petit plat. Julie ne mange rien, et l'abbé n'aimait que le poisson bouilli.

Mme Malgoire retourna à ses fourneaux. On entendait la viande qui grillait dans la poêle et, tout à coup, un parfum embauma l'atmosphère. Le vin utilisé dans la sauce exhalait une délicieuse odeur de bourgogne. Mercier reconnut un vin de qualité. Quelques minutes plus tard, Mme Malgoire revint avec une énorme entrecôte et un plat de pommes de terre. Puis elle alla chercher la petite casserole de sauce et enfin, la bouteille de vin.

— Voilà, monsieur le commissaire, vous êtes servi.

Mercier déchiffra l'étiquette du bourgogne avec stupéfaction : il s'agissait d'un romanée-conti. Certainement, rarement un tel vin était utilisé en sauce...

— Il faut goûter le vin avec l'entrecôte. Je pense qu'il est bon.

— Il est même exceptionnel. Il vient de votre cave ?

— Non. Mais Gisèle m'a dit que vous étiez amateur...

Mercier s'était servi. Le dîner était délicieux. Un pur rêve, ce romanée-conti. Mais pourquoi un tel cadeau ? La vieille Malgoire, qui ne buvait que de l'eau, cherchait-elle à l'acheter ? Allait-elle lui proposer un marché, par exemple, la tranquillité de Julie contre celle de Gisèle ? Il la sentait derrière lui, silencieuse. Un duel subtil avait commencé. Qui parlerait le premier ?

— Servez-vous bien, il n'y a pas de dessert, dit-elle soudain, revenant comme par miracle avec un plateau de fromages. Vous voulez un café ?

— Non, pas tout de suite, merci. Je vais plutôt finir mon verre...

— Le vin vous plaît ?

— Il faudrait être difficile !

— Tant mieux parce que moi, vous savez, je n'y connais rien.

Un long silence s'installa, que rompit malicieusement Mme Malgoire.

— Vous voulez savoir comment je me suis procuré cet excellent bourgogne ? En sortant d'ici, les magasins étant fermés, je n'ai pas eu le choix : j'ai traversé le pont, et je suis entrée dans le restaurant qui fait le coin.

— Vous voulez parler du quai de la Tournelle ?

Mercier n'en croyait pas ses oreilles.

— Oui, je n'en vois pas d'autre.

— Mais c'est...

— Vous connaissez *La Tour d'argent* ?

— De nom.

— Je connais le sommelier. Je suis propriétaire d'une partie de la cave... Vous comprenez, maintenant. Il ne peut rien me refuser. Je lui ai demandé une bonne bouteille, mais avant de me la donner, il m'a posé une foule de questions.

— Des questions ?

— Oui. Il a voulu connaître le menu.

— C'est normal.

— Mais il m'a également posé des questions sur vous.

— Sur moi ?

— Il voulait savoir si vous étiez plutôt bourgogne, ou plutôt bordeaux.

— Et alors ?

— J'ai décrit votre caractère, et il en a conclu que vous deviez être plutôt bourgogne. S'est-il trompé ?

— Non.

— Tant mieux...

Jusqu'à quand allait durer cette comédie ? Mercier décida de reprendre l'avantage.

— *La Tour d'argent* vous loue une partie de ses caves, risqua-t-il.

— Oui.

— Et eux aussi ont un bail précaire, sans droit de maintien sur les lieux ?

Mercier avait vu juste : le coup avait porté.

— Oui... Est-ce que vous voulez bien que j'éteigne la lumière ? murmura la vieille femme. Mes yeux âgés ne la supportent plus très bien, et pour la conversation, elle n'est pas indispensable. Parce que nous avons à parler, ne croyez-vous pas ?

— Je le crois en effet.

— Prenez le fauteuil de l'abbé. Il est très confortable, vous pourrez même y dormir si vous voulez.

La pièce était maintenant plongée dans l'obscurité.

— Vous savez, pour Julie...

L'interrogatoire le plus étrange de la carrière du commissaire allait commencer.

14

Un violon qui tue

Mme Malgoire commença par le commencement, c'est-à-dire sa rencontre avec Julie.

— Elle avait douze ans, c'est moi qui lui faisais le catéchisme. Sa mère, malgré ses revenus modestes de veuve, l'avait inscrite à l'école religieuse de la paroisse. Elle lui payait aussi des cours de solfège. La petite avait un don, vous le savez maintenant, et son père lui avait laissé un violon avant de mourir. Mais la scolarité et les cours coûtaient cher. Les fins de mois étaient difficiles...

Mercier s'était bien gardé de l'interrompre. Le fil de l'histoire se déroulerait naturellement, il en était certain désormais. Il la relança cependant, alors que la vieille femme cherchait ses mots.

— Il fallait donc qu'elle trouve de l'argent...

— Oui. La petite aurait volontiers appris la flûte, qui coûte moins cher. Mais son école religieuse le lui déconseillait.

— Comment ça ?

— C'est une vieille coutume qui remonte à l'Inquisition : les filles ne doivent pas pratiquer un instrument à vent.

— Je l'ignorais. Mais vous disiez que la mère de Julie manquait d'argent...

— Oui. C'est pourquoi, peu à peu... Au début, elle

fréquentait surtout des voisins, pendant les heures d'école de la petite. Mais un jour, Julie est rentrée plus tôt que prévu...

— Et qu'est-ce qu'elle a dit ?

— Rien. Mais elle a compris tout de suite.

— Qu'a-t-elle pensé ?

— Elle a eu honte de sa mère, m'a-t-elle confié.

— Et après ?

— Après, elle a eu honte d'avoir eu honte. Elle a compris que c'était pour elle que sa mère se sacrifiait. Elle s'est sentie responsable. Elle voulait arrêter le violon... Elle a fait une sorte de dépression, elle ne mangeait plus rien. Sa mère a commencé à boire...

— L'engrenage...

— Oui. Au bout de deux ans, les services sociaux s'en sont mêlés. Ils voulaient placer Julie en foyer. Vous imaginez le désastre.

— C'est alors que vous avez eu l'idée de la loger ici.

— Il y avait urgence. Julie devenait une jeune fille, qui intéressait de plus en plus les amis de sa mère. J'ai eu peur.

— Quel âge avait-elle ?

— Quatorze ans. Je me sentais un peu responsable... Il fallait la protéger, cette gamine.

Peu à peu, Mercier comprenait le rôle que la jeune fille avait joué dans la vie de cette vieille femme certes très riche, mais désespérément seule.

— Un nouvel abbé venait d'arriver dans la paroisse, reprit Mme Malgoire. Il cherchait un logement. J'ai proposé à l'abbé Poitevin de laisser à Julie la chambre du haut et, après quelques jours d'hésitation, il a accepté. Je lui faisais un peu de ménage...

— Ce qui vous permettait d'avoir un œil sur Julie.

— Elle était si fragile... Mais ici, elle a recommencé à manger, et s'est jetée dans le travail comme si c'était pour elle une question de survie. Elle quittait peu à peu le monde.

Mme Malgoire décrivit minutieusement la passion de Julie, le professeur de solfège dépassé par son élève, les cours de violon de plus en plus chers...

— Julie a l'oreille absolue. Elle a été acceptée au conservatoire en tant qu'auditrice libre.

— Qui payait ses cours ?

— Julie a refusé que je les lui offre. Elle prétendait que j'en faisais déjà assez pour elle. C'est à cette époque qu'elle a accepté de poser pour le peintre. Jolie comme elle est, ça n'a pas été difficile. Ainsi, elle pouvait aider un peu sa mère.

— Et l'abbé Poitevin ?

— L'abbé vivait au rez-de-chaussée, et Julie au second. Ils ne se voyaient pratiquement pas. La nuit, il dormait tranquillement ici, tandis que Julie jouait à l'église. C'est une musicienne extraordinaire. Elle avait un vrai public d'admirateurs. On venait la chercher pour les fêtes religieuses, les baptêmes, les mariages, ou les enterrements.

— Et le peintre ?

— Julie ne voulait rien lui demander, par fierté. Mais il lui était pénible de voir sa mère travailler autant, pour un si maigre salaire...

— Il devait surtout lui être difficile de supporter qu'elle se prostitue...

— Elle le faisait de moins en moins, puisque Julie lui donnait de l'argent.

— Elle en gagnait tant que ça ?

— Non, parce qu'elle refusait de poser nue. Mais elle n'est pas dépensière : jamais de vêtements, jamais de maquillage. Avec trois sous, elle vivait des semaines. Notez qu'elle aurait pu poser pour d'autres peintres, mais elle ne travaillait que pour celui-là.

— Vous parlez bien de l'homme qui a été assassiné ?

— Oui. Peu à peu, un lien s'est tissé entre eux. Il était gentil, il était généreux. Et c'était un artiste. Julie a été sensible à cela. Elle allait chez lui quand elle voulait... Il avait fini par l'apprivoiser. Mais le temps passait, et Julie devenait de plus en plus grande...

— Vous voulez dire qu'elle devenait une jeune fille ?

— Oui. Physiquement, mais aussi intellectuellement. Elle a changé.

— Et alors ?

— Le peintre insistait pour qu'elle se dénude. En vain, jusqu'au jour où elle a vu qu'un violon de grande valeur était en vente à Drouot. Pour rire, par défi, elle lui a dit que s'il le lui offrait, elle accepterait ce qu'il lui demandait depuis plusieurs mois.

— Vous ne saviez pas qu'il s'agissait d'un stradivarius ?

— Non. D'ailleurs, je n'avais aucune idée du prix de l'instrument. Mais je comprends pourquoi Julie a fait cette proposition.

— Pourquoi ?

— Elle ne pouvait pas imaginer qu'il accepterait. Mais il a immédiatement accepté ! Je m'en souviens très bien. C'était en juin de l'année dernière. Il l'a emmenée à la salle des ventes, et a acheté le violon. Elle ne m'a jamais dit qu'il coûtait aussi cher... C'est vous qui me l'avez appris hier.

— Saviez-vous alors que le peintre était passé devant le notaire, pour laisser ce violon à Julie ?

— Non. Quoi qu'il en soit, c'est à partir de ce moment-là que tout s'est gâté.

— Que voulez-vous dire ?

— Au lieu de prendre ce cadeau simplement, Julie s'est sentie piégée, achetée. Salie. Comme si elle prenait le chemin de sa mère...

— Bien sûr.

Un long silence envahit la pièce avant que Mme Malgoire ne reprenne.

— Oui. Exactement. Elle voyait bien qu'elle ne pourrait plus se refuser au peintre, qui lui faisait prendre des poses de plus en plus suggestives. Alors, vers la fin juin, lors de la Fête de la musique, elle s'est donnée au premier venu. Ce gitan, qui grattait sa guitare. Il a été son premier amant.

— Le premier. Mais aussi le seul ?

— Non. Quelques jours plus tard, elle a cédé au peintre, espérant qu'ensuite, il la laisserait en paix. Elle pensait qu'elle payait sa dette. Mais le peintre était réellement amoureux d'elle...

— Elle avait donc deux amants.

— Oui, mais le gitan l'ignorait.

— Et l'abbé ?

— L'abbé a tout de suite remarqué le nouveau violon. Il était subjugué. C'est à partir de ce moment qu'il a commencé à faire attention à elle. Et peu à peu, il est devenu dépendant. Ce violon était comme une drogue. La nuit, il se glissait dans l'église pour écouter Julie des heures durant. Ils rentraient ensemble, parlaient jusqu'à l'aube, ne dormant finalement plus guère, ni l'un, ni l'autre. Certains jours, les yeux de l'abbé étaient comme fous. Les soirs d'orage, le chant du vent sur celui du violon l'effrayait. Il prétendait qu'on assistait à un phénomène surnaturel. Un don de Dieu. Mais un beau jour, il ne s'est plus contenté d'entendre Julie. Il a voulu la voir.

— D'où la salle de bains, lança doucement Mercier, qui pensait toucher au but.

— Oui. Cela s'est fait progressivement. Quelques mois auparavant, par hasard, un peu comme vous ce soir en entrant, il avait vu Julie prendre sa douche. C'était ma faute : la porte ne fermait pas, j'aurais dû la faire réparer.

— Julie n'a rien dit ?

— La première fois, non. Je crois que ça l'amusait, et puis, avec le peintre, elle était habituée.

— Ce qui a encouragé les récidives.

— Quelques regards pour commencer. Puis il a profité de mon absence pour refaire la pièce de fond en comble : marbre rose, mosaïques, miroirs... Comme vous avez pu le constater vous-même.

— Et à la fin des travaux, on a oublié de remettre la porte.

— C'est cela.

— Julie a laissé faire ?

— Ils en ont discuté... L'abbé parlait si bien... Il disait qu'au paradis, chacun vivait nu aux côtés du Seigneur, que la beauté avait été créée pour être admirée, pas pour être dissimulée... Il prétendait qu'il n'y avait là aucun péché...

— Comment Julie a-t-elle pu être dupe d'un tel langage ?

— Il était très adroit. Un professionnel de la rhétorique. Il la complimentait sur son jeu. Et elle avait besoin de son autorisation pour continuer de jouer, la nuit, à l'église...

— Un chantage, en quelque sorte ?

— Non. Il n'a jamais exprimé clairement la moindre menace.

— Elle y prenait peut-être du plaisir ?

— Non. Mais elle tolérait ce manège.

— Elle vous parlait de cette situation ?

— Oui. Mais elle était si heureuse avec ce violon, qu'elle aurait tout accepté pour continuer de jouer la nuit, dans cette église. Notamment après avoir été renvoyée du conservatoire...

— Vous a-t-elle expliqué pourquoi ?

— Des jalousies futiles, m'a-t-elle dit. Mais elle avait l'habitude...

— Finalement, elle avait choisi cette vie étrange librement, non ?

— Librement... La liberté entre une église, un atelier de peintre, une chambre de bonne... À dix-sept ans !

— Que vous disait-elle de l'abbé ?

— Que ça n'avait guère d'importance...

— Alors, pourquoi a-t-il été assassiné ?

— Le meurtre de l'abbé, ça n'a rien à voir, c'est autre chose... Voulez-vous un café ? lança Mme Malgoire, troublée.

Le commissaire ne répondit pas. Il avait été maladroit. Il regarda sa montre ; il était plus de minuit. Quel était le rôle de cette vieille femme qui lui offrait un vin extraordinaire, mais distillait les confidences au compte-gouttes ? Qu'espérait-elle de lui ? Cherchait-elle à le manipuler, à l'égarer sur une fausse piste ? Et pourtant, force était de reconnaître que cette pauvre histoire de salle de bains n'était qu'un fantasme d'abbé tout juste bon à piéger Pignol. Même Julie l'avait accepté. Comment dénouer les fils de cette affaire ? Chaque personnage évoluait dans un monde hors du commun. Julie, dans celui de la musique, le peintre, dans celui des couleurs, et l'abbé, dans le monde de son sacerdoce, et de ses rêves érotiques... Quant à Mme Malgoire, elle ne vivait que pour Julie. Qui aurait voulu mettre fin à une situation finalement assez équilibrée, et où chacun trouvait son bonheur ? D'autres visages vinrent à l'esprit de Mercier. Jean, le luthier, que Mme Malgoire n'avait pas évoqué. Le gitan, qui, entre ses séjours en prison, restait capable d'un mauvais coup. Puis il pensa à ce stradivarius mystérieux, et au journal intime de Julie dont avait parlé Pignol... Gisèle se mêlait à ces pensées embrumées par le romanée-conti.

— Voilà votre café, dit Mme Malgoire d'une voix assurée.

— Merci. La soirée n'est pas finie...

— Si vous avez sommeil, vous pouvez vous allonger sur le canapé. Je dormirai dans la chambre de l'abbé.

— Je préfère rester éveillé, répondit le commissaire.

— Pour éviter des ennuis à votre protégée ?

— Peut-être.

— Vous croyez qu'on pourrait la retrouver, ici ?

— Je ne vois pas comment...

— Méfiez-vous, commissaire. Eux aussi, ils ont leur réseau d'indicateurs. D'ailleurs, si vous n'étiez pas un peu inquiet, vous seriez rentré chez vous, où vous avez peut-être une femme qui vous attend.

— C'est vrai. Ce Dédé est un malin... Mais je ne

crois pas qu'il sache où est Gisèle. Qu'importe, je vous remercie de votre hospitalité.

Un nouveau silence s'installa. Une paix précaire, que ni l'un ni l'autre ne voulait rompre. Mme Malgoire mentait-elle ? Avait-elle tué l'abbé avant de faire des aveux qui l'innocentaient définitivement ? La vieille femme était-elle capable d'inventer un scénario aussi machiavélique ? Mercier était sur le point de s'assoupir quand il entendit une petite voix éraillée.

— Et maintenant, qu'allez-vous faire ?

— À quel propos ? demanda-t-il.

— Au sujet de Julie.

— En acceptant de loger Gisèle pour cette nuit, vous m'avez rendu un très fier service. Je vais donc être franc avec vous. J'ai obtenu de mon divisionnaire un répit pour Julie jusqu'à l'arrestation de mon fugitif. Ce répit sera très provisoire, peut-être un jour encore, peut-être deux. Je ne pourrai pas suspendre plus longtemps la mise en garde à vue. Julie est quand même au centre de deux meurtres inexpliqués.

— Et si c'était vous qui l'interrogiez ?

— Quand ?

— Maintenant. Ici, cette nuit, tout de suite. Je peux aller la réveiller, vous verrez bien qu'elle est innocente.

— Non, Mme Malgoire. Laissez dormir cette enfant, à cette heure elle doit rêver de Paganini, de Berlioz ou de Vivaldi. Nous verrons ça demain matin. Mais vous, si vous savez quelque chose, c'est le moment de me le dire.

— Ce que je sais, c'est que Julie est innocente.

C'était le moment pour Mercier d'abattre ses

cartes. Une injonction trop brutale risquait de rejeter la vieille femme dans un silence définitif...

— Je ne demande qu'à vous croire. Mais, pour cela, il me faut des preuves.

— Quel genre de preuves ?

— Je ne sais pas. Quelquefois, un détail insignifiant peut devenir une preuve irréfutable. Il faut me parler de tout. De Julie bien sûr, de ses relations, de l'abbé, du peintre, de la paroisse, de l'île Saint-Louis. C'est moi qui ferai le tri. Nous avons toute la nuit devant nous.

Mercier avait lancé son filet. Mme Malgoire reprit ses confidences. Elle évoqua longuement son quartier, citant les archives de la paroisse :

— Au dix-huitième siècle, ça s'appelait l'île aux vaches, il n'y avait pas de pont. C'était un maigre pâturage, auquel on accédait par bateau. Sous Henri IV, l'église n'était encore qu'une petite chapelle. L'île Saint-Louis a souffert de la concurrence avec l'île de la Cité. Notre-Dame éclipsait notre petite paroisse. Le lieu est cependant historique. Racine y baptisa son fils, Napoléon Bonaparte vint y prier. Et c'est ici que saint Vincent de Paul créa une école de filles, rue Poulletier, sur le trottoir d'en face...

Mme Malgoire égrenait les noms célèbres comme les perles d'un chapelet. Mercier restait silencieux.

— J'ai rencontré l'abbé Poitevin lors d'un séjour dans un monastère. Il m'avait frappé. Il était brillant, charismatique... J'avais deviné qu'il était capable de rendre à la paroisse son éclat. Notre-Dame resterait le lieu privilégié des touristes, ce qui ne m'affecte guère, mais nous, nous aurions un abbé hors du commun, qui attirerait un nouveau public. Sans qu'il le sache, j'ai plaidé sa cause auprès du haut clergé parisien pour qu'il obtienne ce poste. Je connais du monde dans le quartier. Je suis la propriétaire de quelques personnes influentes, et puis, on m'a conseillé de faire un don à l'archevêché... Six mois plus tard, l'abbé Poitevin était là.

Mercier apprécia en connaisseur les talents de Mme Malgoire, tout en restant sur ses gardes : si elle avait réussi à tromper l'abbé, mieux valait se méfier.

— L'abbé a été à la hauteur de mes espérances. Il a obtenu que les grandes orgues Renaissance de l'église soient refaites, avec l'aide de la Mairie de Paris, et nous avons donné des concerts régulièrement. De plus en plus de monde venait à l'église le dimanche écouter son sermon.

— Et il parlait de tout ça avec vous ? demanda le commissaire d'un ton détaché.

— Parfois. Pas souvent. Pour vous donner un exemple, un jour, il a comparé la confession à ma soupe... Il épluchait les consciences comme moi mes légumes. Il lavait les âmes à grands coups d'eau bénite avant de les faire revenir, moi sur le feu, et lui, dans le droit chemin du Seigneur. Il avait réponse à tout... Mais c'est avec Julie qu'il aimait surtout discuter, des heures durant. Au petit matin, après des nuits passées à parler, il lui faisait une omelette, des pâtes ou des bananes flambées. Julie me l'a raconté. Avec elle, il ne se prenait pas au sérieux. Il la faisait rire, il retirait son masque de curé, il lui disait qu'il était une sorte de saltimbanque, un saltimbanque de Dieu, une espèce de clown...

Ainsi décrivit-elle longuement les relations qu'entretenait Julie avec l'abbé. Elle le dominait, notamment parce qu'elle était animée d'une véritable foi en la musique, alors que celle de l'abbé était souvent chancelante. Au fond, il doutait de la véracité des propos qu'il tenait à ses fidèles le dimanche, expliquant à Julie que paradis et enfer étaient de pures inventions, fruits de l'imagination des esprits faibles, que la sainte Trinité n'était pas crédible, que la lutte contre l'avortement ou la contraception étaient des causes perdues, et le célibat des prêtres, une pure hypocrisie. Julie lui reprochait d'exploiter la crédulité des fidèles, mais il arguait toujours qu'il n'était qu'un « saltimbanque de Dieu », programmé pour conforter la foi des autres. Si son âme était maudite par la volonté divine, qu'importait : « une de perdue, dix de retrouvées », raillait-il souvent. Il accomplissait pourtant son travail consciencieusement, en bon ouvrier qui, armé de rhétorique et de théologie, ouvre le monde des mystères, des miracles, des démons et de l'enfer. Avec un tel scénario, aimait-il à répéter à Julie, le plus mauvais des baratineurs ferait salle comble tous les soirs. Le succès était sans mérite, selon lui. Le seul génie qu'il se reconnaissait était celui de la mise en scène lorsque, le dimanche, il montait lentement en chaire, plongeait un regard circulaire sur une assistance attentive, et écartait les bras avant la phrase rituelle : « Mes très chers frères... ». Il comparait souvent la paroisse à un cirque où les clowns doivent faire rire même quand ils sont tristes. La Bible était son répertoire, comme les grandes partitions pour violon étaient celui de Julie. Il se contentait de l'interpréter, à la lumière de l'actualité. Mercier interrompit Mme Malgoire.

— Le « saltimbanque de Dieu » ?

— Oui, c'est ainsi qu'il se présentait devant Julie, lui l'homme fort de la paroisse, le théologien le plus érudit de l'archevêché, le prédicateur le plus renommé de Paris : devant Julie, il n'était plus qu'un homme qui doute, empêtré dans ses contradictions, et finalement fragile.

Le commissaire écoutait, attentif. Rêvait-il ? Avait-il succombé aux charmes du romanée-conti ? Il fallait surtout se taire, et laisser son interlocutrice arriver d'elle-même aux aveux...

— Le terme de « saltimbanque » revenait souvent dans sa conversation. Il disait qu'il avait fait un pacte avec Dieu. L'abbé mettait à son service ses qualités naturelles, son art du discours, sa pensée. En retour, on ne lui reprochait pas ses doutes, son manque de sincérité, et son penchant pour les femmes.

— Et alors ? reprit Mercier.

— Alors... Lorsque, épuisée de sa nuit, Julie voyait les premières lueurs blafardes de l'aube, elle prenait l'abbé en pitié. Elle montait au premier étage... prendre une douche.

— À 6 heures du matin ? interrogea Mercier, faussement étonné.

— Pour elle, ça n'avait pas d'importance. Impudeur d'un cœur sans illusion...

Les aiguilles phosphorescentes de la montre du commissaire marquaient désormais 3 heures du matin. La fatigue se faisait lourdement sentir. Mais Mme Malgoire avait repris le fil de son récit et revenait sur Julie, l'abbé, son petit monde, cet univers minuscule dont elle était la grande prêtresse, qu'elle manipulait à sa guise, usant de ses immeubles et de son argent pour parvenir à ses fins. Sans ces personnages autour d'elle, sa vie était un désert. Julie et l'abbé étaient-ils autre chose pour elle que deux marionnettes qu'elle dirigeait sans qu'ils s'en aperçoivent seulement ? Mme Malgoire régnait sans partage sur son territoire. Elle avait accepté le peintre, et espéré que Jean, le luthier, joue un rôle plus important. Seul le gitan, imprévu, était venu interrompre une mise en scène savamment orchestrée, avant que la mort ne s'en mêle à son tour. Mme Malgoire avait presque tout prévu... Sauf les désirs de femme de Julie. Avait-elle contribué à faire tomber le gitan aux mains de la police ? Mystère. Elle avait le projet de faire de Julie sa légataire universelle, ce qui la mettrait définitivement à l'abri du besoin. Et maintenant, la voie était libre pour Jean : l'un de ses rivaux était mort, l'autre en prison, et son admirateur, l'abbé, venait d'être assassiné. Rien ne s'opposait plus à une union exemplaire, bénie des dieux... Mme Malgoire évoqua ce projet comme son dernier et plus cher désir. Après quoi, sereine, elle pourrait retourner auprès de son Créateur.

Mercier décida d'intervenir :

— Mais pourquoi lui préférait-elle le gitan ?

— À mon avis, c'était purement physique, si vous voyez ce que je veux dire, monsieur le commissaire...

Mme Malgoire avait prononcé cette phrase avec un soupir qui en disait long sur ses sentiments à ce sujet. Le désir des femmes était vraisemblablement pour elle une donnée difficile à comprendre.

— Alors que le peintre ? reprit Mercier.

— Elle l'acceptait passivement. Mais Jean était sans doute trop doux, trop gentil, trop convenable. Julie cherche des hommes d'exception : un peintre, un abbé...

— Et le gitan ?

— Un repris de justice, ce n'est pas si ordinaire. Et puis, il savait la bousculer... C'était peut-être son seul lien avec la terre.

— Elle l'a pourtant quitté...

— Oui. Il avait trahi ses rêves.

— Que voulez-vous dire ?

— C'est difficile à expliquer... Les valeurs de Julie ne sont pas les nôtres... Pour quitter un homme, il ne suffit pas d'en avoir trouvé un autre. La vie et l'amour ne sont qu'un même labyrinthe, parfois.

— Julie vous tenait au courant ?

— Non... Ce sont des réflexions personnelles. Avec moi, Julie était plutôt réservée.

— Elle se confiait plus librement à l'abbé.

— Certainement. Si elle se passionnait pour les couleurs du peintre, Julie buvait les paroles de l'abbé.

— Et pour le gitan ?

— Je crois que c'était physique, je vous l'ai dit. Mais le problème, c'est que Julie idéalisait quand même beaucoup l'amour. Alors que pour ces hommes, elle était surtout un corps. Et pourtant, elle acceptait tout sans y attacher d'importance. On aurait dit que rien ne la dérangeait.

— Quelqu'un a bien été dérangé, cependant. Au point de commettre un assassinat.

Le commissaire sentait qu'il touchait au but. Mais comment Mme Malgoire pouvait-elle connaître si intimement Julie ? Elle ne se livrait guère, selon les propres aveux de la vieille femme. Et certains détails étaient trop précis pour avoir été inventés. Et si la logeuse avait lu en secret le journal intime de sa protégée ? Oui, pensa Mercier. Julie ne pouvait s'être confiée à ce point. Mme Malgoire répétait simplement ce qu'elle avait vu écrit à l'encre violette...

— Vous dites cela parce que vous l'avez lu dans le cahier de Julie ?

Mercier entendit la vieille femme sursauter. Il avait marqué un point.

— Non... Q'est-ce que vous allez inventer ?

— Mme Malgoire, vous savez bien, ce petit cahier écrit à l'encre violette...

— Vous l'avez vu ?

Le commissaire mentit :

— Julie en a parlé au commandant Pignol.

— Ça m'étonnerait !

— Mme Malgoire, je vous en prie, en toute amitié : ne niez pas l'évidence.

— Si vous savez déjà tout, pourquoi me martyrisez-vous avec toutes ces questions ?

Mercier prit un ton rassurant :

— Pour éviter des désagréments à Julie, il faut m'aider encore un peu. Elle a fini par le plaquer, ce gitan que vous n'aimez pas ?

— Oui, un peu avant que vous le mettiez en prison.

— Et donc peu de temps après le meurtre du peintre ?

— Oui, quelques semaines, peut-être.

— Il s'est donc passé quelque chose en rapport avec ce crime ?

— La veille, le gitan s'était disputé avec Julie...

— Disputé ? C'est-à-dire ?

— Ce jour-là, le directeur de la galerie de la rue Saint-Louis-en-l'Île a exposé une toile du peintre, où on reconnaissait Julie. Le gitan l'a vue. Tout le monde l'avait remarquée, d'ailleurs, il n'y avait jamais eu autant de monde à la galerie... Il est entré dans une rage folle, il est venu ici... J'étais dans la cuisine. Il l'a traitée de tous les noms : de dévergondée, de fille de pute... La pauvre petite était en pleurs. Je crois même qu'il l'aurait battue si je ne m'étais pas interposée.

— Pourtant, vous deviez comprendre son indignation, sa gêne...

— Il était terrifiant. Il est parti en claquant la porte, criant qu'il allait revenir. J'ai tout fait pour que cela cesse au plus vite. C'était la première fois que le directeur de la galerie de peinture exposait une telle toile. Je suis allée le voir. Il a immédiatement retiré la peinture. Je lui ai fait comprendre que cette histoire ne devait pas se renouveler.

— Et le lendemain le peintre était assassiné.

— Oui.

— Vous n'en avez parlé à personne ?

— Non. Quelques jours plus tard, le gitan est venu avec un cadeau pour Julie.

— Quel genre de cadeau ?

— Une bague. Une émeraude. Mais Julie considère les bijoux comme des signes d'asservissement. Elle n'en porte jamais.

— Il voulait se faire pardonner ?

— Oui. Mais Julie, cette bague... elle l'avait déjà vue !

Brusquement, Mercier comprit : la bague venait du vol chez le peintre. Ainsi, le meurtrier, c'était le gitan... Julie n'avait pas voulu dénoncer son amant, mais avait coupé toute relation avec lui. Elle ne s'était confié qu'à son journal intime, sans savoir que sa logeuse indiscrète le lisait en secret...

— Vous avez dû être soulagée lorsque Julie a quitté ce gitan ? reprit doucement le commissaire.

— Moi, oui. Mais Julie n'était plus la même.

— Expliquez-vous ?

— C'était comme une régression... Comme si, de papillon, elle redevenait chenille. Elle maigrissait à vue d'œil, ne parlait plus à personne, ne sortait plus.

Elle avait perdu le goût de vivre... La nuit, elle restait ici, dans sa chambre, en retrait.

— Vous vous êtes inquiétée ?

— Il y avait de quoi ! Même son violon ne l'intéressait plus.

— Et vous en avez donc parlé à l'abbé Poitevin...

— De quoi ?

— Du secret de Julie... lu dans son journal intime !

— Ne dites rien à Julie, je vous en prie. Elle ne me le pardonnerait jamais.

— Où cache-t-elle ce journal ?

— Je dois vraiment vous le dire ?

— Oui. Dans son intérêt.

— Au fond de l'étui de son violon, il y a une planchette...

— Où figure cette fameuse inscription en latin.

— Oui. Eh bien, derrière cette planchette, il y a un petit espace où elle roule son cahier.

— Écrit à l'encre violette ?

— C'est cela.

— Vous aviez connaissance d'un secret très grave, Mme Malgoire.

— Oui.

— Et l'abbé ?

— Il m'a conseillé le silence. Selon lui, la justice de Dieu était au-dessus de la justice des hommes. Dieu voyait tout, le criminel serait puni en son temps... Pour Julie, il espérait que les choses s'arrangeraient d'elles-mêmes. Il voulait organiser un concert pour l'obliger à travailler de nouveau son instrument. Et puis, tout s'est calmé lorsque la police a arrêté le gitan pour une autre affaire. Je m'en souviens, c'était un peu avant la Sainte-Cécile.

— Sainte Cécile ?

— C'est la patronne des musiciens. Pour Julie, cette arrestation a été une véritable délivrance, et pour l'abbé, un don du ciel.

— Alors, Mme Malgoire, comment interprétez-vous son assassinat ?

— Je ne sais rien. Julie non plus, puisqu'elle était à l'église.

— En êtes-vous bien sûre ?

— Évidemment ! Elle donnait un petit récital comme tous les dimanches en attendant la messe...

— Certes, mais avant ? Où était-elle, entre 9 et 10 heures ?

— Ici. Dans sa chambre, lâcha Mme Malgoire, exténuée.

— Vous voyez bien !

C'est alors qu'un craquement se fit entendre. Une fois, puis plusieurs. Des craquements étouffés, qui venaient de la porte d'entrée.

15

Échec et mat

On essayait d'enfoncer quelque chose de métallique dans la serrure, qui grinçait en résistant. Mais Mme Malgoire avait laissé la clef sur la porte à intérieur. On insistait, cependant, avec de plus en plus de force. Puis le silence revint. L'intrus renonçait-il ? Un nouveau craquement suivit, mais différent : on tentait d'enfoncer la porte. Le verrou ne tiendrait pas longtemps... Il entendait la respiration affolée de Mme Malgoire à ses côtés. Elle chuchota :

— Vous avez entendu ?

Avait-elle peur pour elle, ou pour Julie ?

— Oui, répondit Mercier d'une voix assurée.

— Quelqu'un tente de forcer la porte.

— Mettez-vous à l'abri derrière le fauteuil, et ne dites plus rien. Ne trahissons pas notre présence.

— C'est votre évadé ?

— Probablement.

— Vous n'allez tout de même pas le laisser entrer ?

— Si. Taisez-vous !

La vieille Malgoire soupira, mais ne quitta pas son fauteuil. Mercier était grave. Il palpa son revolver dans sa poche, et retira le cran de sûreté. Dehors, le bruit avait à nouveau changé. Un craquement sec et fort. Quelqu'un travaillait la porte au pied-de-biche. Le verrou sauta dans un chuintement sinistre.

La porte d'entrée s'ouvrit lentement, laissant pénétrer un courant d'air frais. L'intrus était entré.

Comment Dédé avait-il trouvé la planque de Gisèle ? Savait-il que Mercier était là ? Était-il armé ? Quelles étaient ses intentions ? Autant de questions qui se bousculaient dans le cerveau de Mercier, incapable d'agir. La silhouette, massive et courbée, s'engagea sans hésitation vers l'escalier, puis monta les marches une à une, lentement, dans un silence presque parfait. Savait-il où il allait ? Savait-il où était Gisèle ? Le commissaire quitta son fauteuil avec la souplesse d'un chat, et gravit lui aussi les marches. Il fallait agir très vite. L'homme avait gagné le premier étage, et devait se trouver sur le palier, tout près de la salle de bains. Un étage le séparait de Gisèle. C'est le moment que Mercier choisit pour intervenir

— Police, haut les mains !

Un éclair fusa dans la nuit.

— Halte au feu ! Rendez-vous ! Police !

La réplique ne se fit pas attendre. L'homme tira deux autres coups de feu en direction de Mercier, avant de courir vers l'escalier. Mercier visa l'ombre qui passait devant lui. Il la frappa en pleine course. On entendit un cri étouffé. Le corps s'effondra bruyamment. La seconde suivante, Mercier était sur lui et avait récupéré l'arme de l'intrus qui gisait, la face contre le sol. Mme Malgoire alluma l'électricité. L'homme ne bougeait pas, mais on entendait sa respiration sifflante courte et saccadée.

Mercier retourna le corps de l'intrus. Le regard des deux hommes se croisa. C'était le gitan.

Le commissaire envoya aussitôt Mme Mercier au second, rassurer les filles qui devaient être terrorisées.

— Montez, enfermez-vous à clef avec les filles. Ne sortez sous aucun prétexte. Je m'occupe du reste.

La vieille s'exécuta avec une agilité étonnante. Mercier appela la brigade.

— Tu m'envoies du monde rue Poulletier, et avec une ambulance !

— On allait vous appeler, commissaire. On a retrouvé Dédé. Il y a eu du grabuge, on l'a abattu.

— Décidément, c'est le jour...

Le gitan respirait bruyamment. Son poumon vraisemblablement perforé par la balle soufflait comme une forge, ses yeux hagards fixaient Mercier, suppliants.

— Qu'est-ce que tu venais faire ici ? interrogea brutalement le commissaire.

— Je venais voir Julie...

— Armé jusqu'aux dents, et en défonçant la porte...

— Il fallait que je la voie, au moins une dernière fois.

— C'est toi qui as tué le peintre.

— Un accident... J'étais allé le voir pour une explication. Je ne voulais plus qu'il peigne Julie dans des positions provocantes. J'avais vu une de ses toiles exposée dans la galerie de la rue Saint-Louis-en-l'Île. Nous, les gitans, on ne supporte pas ce genre d'exhibition...

— Tu es donc allé chez le peintre ce jour-là ?

— Non, le lendemain. Il n'était pas dans son atelier. Je suis entré par une fenêtre. En attendant, j'ai pris des bijoux qui traînaient. C'est alors qu'il est revenu.

— Il t'a surpris ?

— Oui.

— Vous vous êtes battus ?

— Oui. Plus à cause de Julie qu'à cause des bijoux. Le ton est monté... je l'ai frappé.

— Et puis tu t'es sauvé sans demander ton reste. Où sont les bijoux ?

— Dans la roulotte de ma mère. Mais ne lui faites pas de mal ! Je vous jure qu'elle n'est pas au courant.

— Et Julie, elle, elle savait tout ça ?

— Elle a tout deviné. Le lendemain, j'ai eu la bêtise de lui donner une des bagues du peintre...

— Et alors ?

— Julie l'a reconnue...

— Mais tu savais que pour rien au monde elle ne t'aurait dénoncé.

— Oui. Elle est bonne. Mais pas au point de continuer à me voir en sachant que j'étais un criminel... D'ailleurs, seul son violon comptait pour elle.

— Que craignais-tu, alors ?

— Elle notait tout dans son journal, et j'étais presque sûr qu'un jour ou l'autre, la vieille, ou l'abbé, tomberaient sur ce petit livre.

— Tu savais où elle le cachait ?

— Elle ne le cache pas. Elle le roule dans l'étui de son violon, au fond.

— Tu es donc venu ce soir pour récupérer ce journal ?

— Oui, c'est même la deuxième fois que j'essaye.

Mercier comprit enfin ! Le grain de sable, ce n'était pas le violon, mais le journal intime de Julie...

— La première fois, c'était un dimanche matin ?

— Je croyais que tout le monde serait à la messe...

— Et tu es tombé sur l'abbé Poitevin.

— Oui. Il m'a sermonné. Pour le peintre, il était au courant. Ça voulait bien dire qu'il avait lu le journal ! Julie n'aurait jamais rien dit...

— Un témoin encombrant, en quelque sorte...

— Pas seulement ! Un malade, un voyeur ! Il avait complètement embobiné Julie avec ses discours de pervers. Et pourtant, tuer un curé...

— Ça ne t'a pas arrêté...

— Il le fallait. Il aurait fini par convaincre Julie de me dénoncer.

Le visage du gitan était couvert de gouttelettes de sueur froide. Sa peau avait pris une teinte livide, ses lèvres devenaient violettes, et sa voix, de plus en plus rauque. Il devait reprendre sa respiration après chaque mot. Mercier s'était penché sur lui pour l'entendre distinctement.

— Tu es bien gaucher ?

— Oui, répondit le gitan dans un murmure.

— Qu'est-ce que tu veux maintenant ?

— Un prêtre.

— Tu as peur de la mort ?

— Non. Mais j'ai peur de l'enfer ! Faites venir un prêtre, vite, je vous en supplie... Pour qu'il me donne les derniers sacrements.

Le visage du gitan s'apaisait peu à peu. Un mince filet de sang spumeux perla sur ses lèvres. Il s'éteignit sans un mot.

Mercier se leva et alla ouvrir la porte endommagée. La lumière de l'aube envahit la petite entrée. Dans le lointain, on entendait les sirènes d'une voiture de police.

Table

Cet ouvrage a été mis en pages
par ÉTIANNE COMPOSITION
à Montrouge.

Aubin Imprimeur
LIGUGÉ, POITIERS

Achevé d'imprimer en mai 2005
pour le compte de France Loisirs
123, bd de Grenelle, 75015 Paris

N° d'édition 42906 / N° d'impression L 68478
Dépôt légal, mars 2005

Imprimé en France